與魔族王子一起戀愛吧~
MO ZU
PRINCE
01
Episode

菲莉亞．羅格朗
COUNTRY GIRL
出身非常普通的鄉下少女，憑藉著無人能敵的擲
鐵餅技術考入冬波利學院，屬強力量型的學生。
她個性靦腆害羞、膽怯，有時候有點遲鈍，在心
靈上頗為依賴哥哥馬丁。
歐文．黑迪斯
MOZU PRINCE
魔族王子，化名為「歐文．哈迪斯」混入人類
學校裡假裝成普通的魔法系學生。他臉上總是掛著微
笑，給人感覺很溫柔，但切開的話會有點黑。他在自
己感情的問題上很不坦率，傲嬌型，甚至是遲鈍。

卡斯爾·約克森 LEGENDARY BRAVE'S SON

曾殺死魔王的傳奇勇者的兒子，是魔法和劍術雙專業的天才學生。勇者世家出身的他，是個長相出眾、個性友善，在任何方面都近乎完美的少年，很受眾人歡迎。

瑪格麗特·威廉森 MISSY

來自古典貴族家族的大小姐，在冬波利學院學習劍術。在外人看來，她異常的高傲冷淡，大多數時候都面無表情，但實際上她是個極其遲鈍的天然呆，稍微有點傲嬌。

Contents

第一章　妳一定要考上勇者學校！　005

第二章　魔族小王子的髮色竟然被嫌棄？　021

第三章　入學考試遇到天使　043

第四章　遠程戰士．鐵餅女孩　071

第五章　冷嗎？我們抱在一起取暖吧　103

第六章　爸爸的朋友的姪子是……　125

第七章　校園生活正式開始　155

第八章　誰是小偷？　171

第九章　兒子，你喜歡她吧？　189

第十章　畢業後請跟我組勇者團隊　227

第一章 一定要考上勇者學校！

清晨五點十三分，座落於南淖灣中部的一個小鎮的居民，迎來了帶著濕潤露水的、新一天的陽光。

這個小鎮的官方名字叫做「艾麗西亞」，據說是為了紀念一位曾經出生在這裡的國王的寵妃，它同樣是偉大而神聖的海波里恩王國的一部分。不過，事實上，沒有人能證明這裡真的有過一位名為艾麗西亞的王妃，同時這個小鎮的規模和發達程度，都讓人覺得沒有必要去記住它的名字。

和南淖灣所有的小鎮一樣，艾麗西亞的居民以農業為生，信奉著農業女神德墨忒爾，過著朝五晚九的農耕生活。

在這樣的大環境下，羅格朗一家在其他居民眼中屬於時髦的少數「城裡人」。這不僅僅是因為他們竟然不用每天耕地，而是經營著小鎮上唯一的麵包店，更因為羅格朗先生每年都會有幾個月因「做生意」的關係離開南淖灣，前往這裡大多數居民一輩子都沒有見識過的王國之心地區，聽說他還去過遙不可及的王城。

當然，羅格朗先生做的生意到底是不是他家的麵包，這就不得而知了。唯一可以確定的是，高貴的羅格朗一家和這個樸素平凡的小鎮格格不入，他們總有一天會離開這裡、離開偏僻貧窮的南淖灣，到「大城市」去發展。

不只是艾麗西亞的居民這麼想，羅格朗一家自己也是這麼想的。

不過，此時此刻，被艾麗西亞居民當作是「貴婦人典範」的羅格朗太太正心神不寧。她不停的穿梭於自家房子的樓上樓下，有時候剛剛跑過來就又折回去，彷彿一隻迷路的鴿子。

羅格朗太太心中交替著喜悅和煩躁兩種感情，她自己也說不清哪一種更強烈一點。而造成內心混亂的事她卻沒有任何人可以傾訴──她的丈夫還遠在王國之心，周圍的這群鄉下人則根本不關心時事，在這個遠僻的艾麗西亞，沒有人知道即將到來的九月意味著什麼！

「德墨忒爾……不，雅典娜啊！這可是王國之心的各所勇者學校招生的日子！」

羅格朗太太努力讓自己的信仰不同於艾麗西亞的其他居民，因此兩個月前決定信仰智慧女神雅典娜。

馬丁這個笨孩子已經無法指望了，但菲莉亞今年才剛滿九歲，她還來得及！只要菲莉亞能順利考上勇者學校，最好是王城的學校！畢業以後再加入一個體面的勇者團隊，最好是皇家護衛隊，這樣她就能在寸土寸金的王城裡定居下來，然後……當然了，菲莉亞可以將他們一家都接去王城，他們就能徹底離開艾麗西亞這個該死的泥潭，成為體面的王城居民了。

羅格朗太太暢想著美好的未來，不禁激動的握緊了雙手，但同時她又忍不住去想糟糕的情況。

「馬丁連續三年都沒有考上，最後錯過了勇者學校的招生年齡，要是菲莉亞也……」

想著想著，羅格朗太太絞緊手指，在心裡安慰自己：不會的不會的，菲莉亞可比馬丁要強得多，她可是三、四歲時就能將比自己高大的哥哥打敗了不是嗎？若是菲莉亞的話，一定可以順利入學的……

「羅格朗夫人，有您的信！」

這時，門口傳來信差的聲音打斷了羅格朗太太的思緒，她整理一下裙子，重新擺出平時那傲慢的樣子——這裡的信差只會用吼的，從來不按門鈴，就是因為這樣她才討厭這群小地方的鄉下人，沒有一點教養。

「哎呀，這不是羅格朗太太嗎？」

羅格朗太太剛簽收完信，就被誰叫住了。聽到這個有些膩人的聲音，羅格朗太太先噁心了一下，這才皮笑肉不笑的轉過頭去。

「波士太太，上午好。」

「上午好呀，妳丈夫又來信了嗎？怎麼樣呢，是不是也是關於去王國之心上學的事？哎呀，不瞞妳說，我家親愛的昨天也送信來了，入學的事已經弄妥了。妳家怎麼樣？到時候一起去的話，我們家的孩子還能結個伴呀。」

聽到「我家親愛的」這幾個字，羅格朗太太忍不住又在心裡吐了吐：波士太太也是快要四十歲的人，還故意弄出那種撒嬌似的聲音、用這麼噁心的稱呼！真是不要臉！

她暗恨自己之前怎麼那麼守不住嘴，竟然一不小心將準備送菲莉亞去王國之心上學的事向波士太太炫耀，這下好了，他們家也準備仿效。而且，波士先生還故意快馬加鞭的趕去王國之心，硬是比羅格朗先生的來信早了一天！

看著波士太太臉上得意的笑容，羅格朗太太就恨不得在她臉上打上兩巴掌。

他們雖然是鄰居，可波士家明明只不過是賣洋裝的，還是那種鄉下人的審美觀才會去欣賞的落伍洋裝，波士太太居然敢露出一副和她平起平坐的樣子！更氣人的是，艾麗西亞的居民根本沒有品味，當地的居民竟分不出波士家賣的洋裝和羅格朗先生從王城帶來的服裝有什麼區別，還將它們相提並論！

總之，羅格朗太太看不順眼波士太太，她從鼻子裡發出一聲輕輕的冷哼，道：「我是無所謂。不過，我家可不會僱回來的馬車的。」

「放心吧！我家親愛的說沒問題，我家的兩個孩子肯定能上學的。」波士太太嬌笑道，很是自信的樣子，「倒是妳呀，妳家的馬丁好像已經錯過年紀了吧？」

被戳中痛點，羅格朗太太臉色一變，腦中急轉，想要再說點什麼刺回去，可誰知波士太太卻不給她反擊的機會，又接著說：「天吶，太陽怎麼這麼曬了，我可要回屋子裡去了。昨天我家親愛的寄來的禮物還沒有全拆完呢，下次再聊呀。」

說完，波士太太就開心的縮回屋子裡去了，只留下羅格朗太太還在原地一口氣悶在胸口下不去。

剛才那個老女人分明往她拿著信的手上得意的瞧了一眼！她是在嘲諷自己沒收到丈夫的禮物！

羅格朗太太真想追過去，揪著波士太太的耳朵吼：我丈夫的禮物都是每年雪冬節的時候和人一起回來的！和妳丈夫那種七、八年出不了一次鎮的傢伙可不一樣！

羅格朗太太越想越氣，於是她在進屋時重重的甩上了門。

這一次事件的中心人物，這一家的小女兒——菲莉亞．羅格朗，就是這個時候牽著哥哥馬丁的手，揉著眼睛從樓上走下來。

她還是個九歲的小女孩，站在剛剛進入青春期的十二歲的哥哥身邊就像鵪鶉那麼大，於是馬丁只好微微彎著腰牽她。她有一頭深棕色的帶著波浪的軟髮，順著脖子垂到肩膀的位置，她還有一雙圓圓的淺棕色眼睛，此時因為尚未睡醒而有些矇朧。

至於馬丁，他的髮色和髮質都和妹妹一模一樣，只不過剪短到耳側；他的眼睛顏色則更淺，幾乎可以被稱為是金色的，這看起來有點怪異，不過，他嘴角溫柔的微笑化解了這份怪異。馬丁的身體直長，沒有多少肌肉，帶著少年剛剛進入發育期的瘦削。

此刻，這對兄妹並不知道自己下來的不是時候。

他們的母親正看他們十分礙眼，因為不只是馬丁不夠強壯的身體，還有菲莉亞毫無緊張感的懶散。她必須要罵他們一頓才能稍微解氣，而且這一頓大概需要一、兩個小時。

▶◇◀◎▶◇◀

於此同時，在南淖灣相反方向的大陸，同樣也是陽光明媚的一天。

只不過，是夾著雪的陽光明媚。

這一片位於北方極寒地區的土地，是魔族的領地。這裡常年被冰雪覆蓋，一年差不多有十一個月都在飄雪中度過，同時每年最冷的三個月裡太陽不會升起，整個國家都被日夜不分的黑暗所覆蓋。

因此，魔族稱自己的國家為「艾斯」，並認為只要是結冰的地方就是自己故鄉的國土。

長期以來，艾斯都和以光明之神命名的、以人族為主要居民的海波里恩王國保持著不可調和的敵對關係。在精靈臣服於海波里恩、矮人和巨人已經在戰爭中被滅族、半神族集體消失不見的情況下，魔族統領的艾斯是大陸上最後一片未被海波里恩的鐵蹄征服的淨土。

魔族以魔角代替王冠作為國王的統治標誌，實行世襲君主制。全國總共有十三個主要地區，由不同的魔族貴族進行管轄。魔王居住在艾斯地區的最北端、極夜時間最長的王都「冰城」，那裡有魔族們為了國王而建造的巨大城堡。魔王是整個國家中最嚴肅、不可侵犯的象徵和標誌，擁有至高無上的權力，所有魔族都必須無條件服從於他。

而此時，整個艾斯最神聖的國王正在做一件能決定魔族未來幾十年能否繁榮發展的極其重要的大事。

他在教育他的獨子，也是魔族唯一的王子——歐文·黑迪斯。

是的，身分很不尋常的魔族王子卻有一個很普通的名字。

據說，當年魔王陛下其實很想為兒子取一個很長、很酷炫的名字，但是魔后在翻遍了宮中所有魔法典籍以後得出了「名字簡單比較好養活，將來成名了比較容易被記住」的結論。

魔王陛下最初並不同意，但最後魔后舉出了「大家都能記住魔法創始人是傑克．格林，卻永遠記不住他重要的矮人搭檔普林西塔克斯西德尼格蘭利亞尼．傑羅德尼亞費倫艾登林．吉羅德希卡尼費凡斯派瑟．特拉姆……」這個血淋淋的例子，最終魔王陛下妥協了。

矮人取名字的方式真是個永恆的悲劇。

……扯遠了。

總之，此時頭頂一對黑色大魔角的魔王陛下正極其威嚴的教育九歲的小王子，只聽他語重心長的說道：「兒子，你年紀還這麼小，沒有必要那麼拚。我們擁有世界上最強大的魔法師，人族幾百年內還不敢來侵略我們的。等繼承我的王位後，你大可以肆無忌憚的混個一、兩百年日子……爸爸只希望你能快快樂樂的過著普通人的生活，娶十七、八個王妃，生五、六十個孩子……你真的沒必要去海波里恩刺探敵情，混在人類裡上什麼學啊……」

大魔王想了想，覺得這樣還不夠有威懾力，於是立刻把臉一板，嚴厲的補充道：「你再不好好待家裡混日子，整天說要去上學的話，信不信爸爸揍你啊！」

歐文淡淡的看了他爸一眼，不忍直視狀的移開了視線。

──老爸，你覺不覺得這話不要抱著我的大腿說會更有說服力一點……

歐文無奈的拉了拉被他爸爸緊緊抱住的大腿，奈何力道太小，到底爭不過已經成年的魔族，無法順利解救自己的大腿。他嘆了口氣，解釋道：「爸爸，這並不是我自己決定的，這是祭司占卜出來的結果。我必須要去海波里恩。」

「嚶嚶嚶，胡說八道！我只不過是趁你媽不在，偷偷讓她替你占卜一下你的魔后在哪裡，怎麼就變成非得去海波里恩不可了呢？那裡可是人類的地盤啊，個頭比山還高，還長著四排牙齒的人類的地盤啊！多可怕啊！祭司那個傻瓜，她肯定是弄錯了……」

「……爸爸，人類的外形和我們很相似，平均體型比我們還要小一些，只不過比精靈稍大而已。」歐文又嘆了口氣，「還有，德尼祭司的預言從來沒有錯過，爸爸你還是不要再說她的壞話了，聽說她也很擅長詛咒……」

被兒子教育，魔王陛下的臉漲得通紅，他一怒之下不小心說出了實話：「啊呸！你就這樣突然走了，你媽回來不是非得揍死我不可！」

歐文：=_=

「而且她要是知道我還偷偷讓祭司為你占卜……」大魔王忍不住抖了一下，「兒子啊，你就忍心看見你爸的屍骨嗎？」

歐文的動作稍稍一僵。

占卜這件事，非到萬不得已本來是不可以使用的。畢竟逆天改命，這件事已觸及了世界運轉的根本法則，牽一髮而動全身，誰都不知道稍微一點點變化會導致怎麼樣的後果。

奈何他母親一走，魔王爸爸就徹底玩瘋了，竟然覺得占卜一下未來姻緣只是件小事而已，非要德尼祭司來為他占卜。魔王陛下的命令是至高無上的，德尼夫人雖然一臉鄙視，但還是用水晶球看了幾眼。誰知這一看不得了，竟然算出了「魔王之血就此終結，艾斯危在旦夕」這一結果。

德尼夫人大驚，不得已又看了幾眼。剛看完，她臉上的皺紋就因為魔法消耗過多而多了好幾條。要知道，祭司女士可是很在意自己的美貌的，不到萬不得已絕不會消耗掉她用來保持青春的魔力。

「足以終結艾斯的勇者已經誕生了。」當時，德尼夫人憐憫的看著他，「他將操縱著世界上最強大、最神秘的魔法，永遠結束魔族最強大的血脈的傳承。」

那是歐文第一次看到父親臉上露出嚴肅的神情。

「沒有辦法改變這個結局嗎？」大魔王問。

德尼夫人閉上眼睛，因魔力衰竭而顯得枯槁的手指指向南方，道：「勇者將會出現在那個方向，他在年少時便已經顯露出非凡的才能……他將在海波里恩的心臟接受系統的學習，並在那裡集結到宿命的同伴，踏上北征的道路。只有讓魔王之子提早切入他們的命運，儘快將命運之線重新打亂，才能改變決定好的結局。不過……」

德尼夫人猛地睜開眼，她皺起眉頭。

「水晶球裡的畫面太模糊了，我看得不是很清楚……嘶……怎麼這個畫面，不太像是廝殺呢……」

難以忍受德尼夫人慢吞吞的語氣，大魔王猛地抓住她的肩膀搖晃，「說清楚點！那個勇者出生多久了？男的女的？穿著什麼衣服？」

德尼夫人被晃得大怒，右手凝起魔法砸得大魔王一臉冰渣。

「你以為預言和畫像一樣清晰嗎？我能看清楚幾個人影在晃已經是天賦異稟了好嗎！嫌不清楚你自己去看！」

說完，德尼夫人就被氣走了。

魔王陛下當然不可能真的自己去看。雖然魔王陛下是所有魔族中魔力最強的，可預言的魔法卻極其特殊，只有魔族中的極少數人能擁有這種天賦，而且大多很弱，弱到自己都不知道自己可以預言的地步，偶爾會有「這件事好像以前做夢夢到過」這種感覺的程度而已。像德尼祭司這樣能夠自由的控制「看到」和「不看到」的預言者，是幾百年裡才會出現一、兩個的。

同時，到今天為止，德尼夫人的預言還從未出過錯。

那麼，能夠終結艾斯的，到底是怎麼樣的人呢？

歐文再次低頭看著他父親，使出渾身的勁硬是把大腿拔了出來，說道：「不要鬧了，爸爸。我要走了，德尼夫人說越早切入他們的命運越好，我不能讓艾斯終結在我手上。」

「唉，歐文……果然還是阻止不了你為了我們的國家拋頭顱灑熱血的命運嗎？真不愧是我的親兒子。」終於，大魔王的臉上露出哀傷的神情，「想當年你爸爸也是如此熱血，這才迷倒了你媽……不對，我不是想說這個……前往海波里恩的道路如此艱難，所有的人類都會想要殺掉魔族，你萬萬不能暴露身分。來，兒子，你戴上這個。這是我早就預料到有這麼一天，專門為你準備的。」

說著，大魔王將一副鏡片極厚的眼鏡掛在了歐文的眼前。

「爸爸，這是……？」

「這是眼鏡，用來隱藏你的身分。別看它這麼厚，其實是平光鏡，沒有度數的。這本書上說，只要戴上這副眼鏡，不管多帥多俊美的人都會立刻變得平凡無奇。你到了海波里恩以後，一定要隱藏好自己，千萬不要讓自己變成人群的中心、千萬不要招蜂引蝶，所以你絕對不能看起來太帥。我知道這個任務對你來說有點難，畢竟你長得實在太像我……」

歐文不習慣的扶了扶架在鼻梁上沉重的眼鏡，皺起眉頭，隔著鏡片看向魔王爸爸不知從哪裡取出來一本很厚的書，問道：「這本書是什麼？」話說這副眼鏡真的可以隱藏身分嗎？

大魔王嚴肅的舉起那本厚書，「這是從你母親房間裡搜出來的，好像是民間現在比較流行的讀物，每個月兩期……裡面都是圖畫什麼的，的確很簡單易懂呢。既然是你媽喜歡看的東西，那肯定是很有用處的。」

歐文湊近花花綠綠的封面，好不容易才看清上面那個字體花俏到難以辨認的書名——

《一起戀愛吧～★》

「……」總覺得哪裡不對勁，卻又說不上來。

大魔王鄭重的拍拍兒子的肩膀，「你要加油啊，魔族的命運就寄託在你身上了！」

▶◇◀◎▶◇◀

「火龍一般會生活在哪裡？」

「有、有熔岩流過的……溫度在一百度以上的火山地帶……還、還有……最、最好附近有礦、礦山，金屬礦之類的……」

「對付魔族的話，最好使用哪一種類型的魔法？為什麼？」

「可、可以燃燒起來的、溫度高的魔法，因、因為……因為魔族常年生活在極、極寒地區，所以……所以特別擅長使用冷凍、冰寒的魔法，也特別不擅長對付高、高溫……」

「重劍士一般在勇者隊伍裡擔任什麼職務？」

「擔、擔任……擔任……」

菲莉亞使勁拉長脖子，想要看清楚哥哥在母親背後幫她打的手勢，卻無論如何都看不清楚，她急得快要哭了。

母親今天好像特別生氣，從吃完晚飯以後開始慣例考試，到現在……菲莉亞看了一眼牆上的鐘，指針已經快要滑到九點鐘了。

——好睏，好想睡……

「重劍士相當於勇者隊伍裡的盾牌！是守護者的位置！已經說過多少遍了，妳怎麼連這麼簡單的東西都記不住！」羅格朗太太暴怒，「馬上就要考試了，這樣下去妳怎麼考得上冬波利學院！隔壁的波士太太不知道找了什麼後門，她家的洛蒂和索恩都要送去王城的勇者學校了！如果妳連冬波利都考不上的話，將來只能和妳哥哥一樣待在這個破爛的小鎮裡，一輩子賣麵包！」

聽到那麼直白嫌棄的話，一直在後面為菲莉亞打手勢作弊的馬丁尷尬的笑了笑，不過神情依舊十分溫柔。

菲莉亞低下頭，難過的絞著手指。

並不是她不想學，可是真的記不住啊……那些問題聽起來都很耳熟，似乎母親早已在她耳邊嘀咕過無數次，但是分不清楚就是分不清楚。特別是現在她太想睡了，回想起來就更加困難。

幸好母親今天沒有問她魔法的類別，那些東西她真的一點都不明白。

看著女兒一副可憐巴巴的樣子，羅格朗太太越發恨鐵不成鋼。

其實真的不能怪她著急，今天隔壁的波士太太不知怎麼得知了羅格朗先生替菲莉亞報名的是冬波利學院，於是特地過來嘲笑他們。

冬波利學院的地理位置雖然也在王國之心地區，可是卻不在繁華的王城，反而是地靠山林和雪原，幾乎是整個王國之心最偏僻的地方。儘管羅格朗先生的信裡說冬波利是王國裡最好的三所勇者學校之一，可依舊不能打消羅格朗太太心中的芥蒂。

這麼偏僻的學校，怎麼可能比得上王城裡的勇者學院？

羅格朗先生還說什麼「要不是正好有一位大人物願意幫忙的話，還未必能及時替菲莉亞報上名」，信中的語氣十分喜悅，可是在羅格朗太太看來，她那個傻丈夫一定又被人用花言巧語騙了。她也沒有要求高到非要讓菲莉亞上皇室直屬的「帝國勇者學校」的地步，可也不能讓女兒去這種從來沒有聽說過的學校呀！

羅格朗太太並沒有意識到，她其實只知道帝國勇者學校這麼一所學校的名字，她並不清楚王國之心到底有多少間勇者學校，更不知道整個海波里恩到底有多少優秀的學校。她只是難過得嘆了口氣。

現在再寄信讓羅格朗先生改報其他學校也遲了，但願她丈夫還沒有傻到只報了一所學校沒有備選的程度。

第二章 魔族小王子的髮色竟然被嫌棄？

這一天的清晨，羅格朗太太替女兒收拾好了兩個大大的行李箱，又看著車夫替她將行李裝上馬車。

波士太太在一旁笑道：「哎呀，小孩子們第一次自己出門，真讓人不放心啊，是不是？我倒是還好啦，畢竟我的兩個孩子有個伴，去的地方也稍微近一點，而且是繁華的王城，不是什麼偏僻的鄉下地方……」

羅格朗太太當然聽得出波士太太每一句話都直戳她的痛點，可是真的到了要和菲莉亞分別的時刻，她忽然不是那麼在乎波士太太了。她的心跳得七上八下的，是因為擔心自己的女兒。菲莉亞畢竟才九歲，剛剛比桌案高而已。

見羅格朗太太不應戰，波士太太也覺得有點沒勁，低頭和自己的一對兒女小聲嘀咕。

「媽媽，妳真的不一起去？」菲莉亞不解的仰頭看著母親，她從來沒有離開家這麼遠。事實上，她從未離開過這個小鎮艾麗西亞。

「家裡的麵包店要看管，而且王國之心的學校據說不喜歡家長攜家帶眷去送孩子……」羅格朗太太心不在焉道，「妳不要太擔心，等妳到了王國之心的驛站，爸爸就會去接妳。」

菲莉亞緊張的點點頭，從艾麗西亞到王國之心，需要一個月的時間吶……

「那……哥哥？」

「哥哥要學著烤麵包，以後他要繼承家裡的店。」羅格朗太太忽然不耐起來，一想到馬丁三年都沒有考上任何一所勇者學校，她就十分生氣。

站在母親身邊一直沒說話的少年苦笑了一下，摸摸妹妹的頭，道：「別擔心，妳一定能考上的。等妳放假回來，我就能烤麵包給妳吃了。」

再一次和家人告別，菲莉亞被送上了馬車，然後波士家的洛蒂和索恩也坐了上來。馬車很小，但三個孩子個子也不大，因此都坐下後還算寬敞。

索恩剛一坐下，看見菲莉亞，便眼前一亮，打招呼道：「喲！」

「噓——」洛蒂連忙輕捅弟弟的腰，小聲道：「你忘了媽媽說的話啦？」

儘管洛蒂說得很小聲，可菲莉亞還是聽見了，她只好默默的低下頭。

其實她很清楚波士太太向兩個孩子交代的是什麼，她一定是讓他們離她遠一點，不要輕易靠近她這個「怪物」。要不是租一輛馬車從艾麗西亞到王國之心實在太貴的話，波士太太一定不會讓洛蒂、索恩和她同車，就像她平時不讓他們和她玩一樣。

波士太太已經很厚道了，至少她沒有將那件事在小鎮裡到處亂說，否則她面對的處境恐怕會比現在糟糕許多倍。

事實上，菲莉亞還是有些感激波士太太的。

菲莉亞在三、四歲的時候，將當時已經有六、七歲的馬丁舉了起來，並且扔了出去，不僅砸壞自己家的牆壁，還弄爛了波士太太家的籬笆。

儘管菲莉亞自己對這件事完全沒有記憶，哥哥也表現得不太在意，可母親依然時時會在私下提起來，作為她「天賦異稟」、一定能考上勇者學校的證據。

菲莉亞對這件自己根本不記得的事難以釋懷，同時對一向十分溫柔的哥哥也感到愧疚。砸壞水泥牆……那該是多麼嚴重的傷害，哥哥說不定在那時就留下了什麼隱傷，這才導致三次都沒有考上任何一所勇者學校。

這是她的錯！

想著想著，菲莉亞將頭深深的埋到了胸口。

對面的洛蒂和索恩還在打鬧，索恩不耐煩的說道：「妳好煩啊，洛蒂——妳幹嘛信老媽說的那些話？菲莉亞這種愛哭鬼，怎麼可能做出過那種事？」

「可、可是……」洛蒂憋紅了臉，其實她對自己母親說的那些話也不太相信，菲莉亞平時軟得就像個糰子，似乎是摔倒了自己都爬不起來的那種人。

「根本想不出理由吧？哼。菲莉亞，洛蒂說的那些話妳別在……喂，妳不是在哭吧？」索恩立刻慌了手腳，手忙腳亂的要從洛蒂的口袋裡掏手帕，但還沒等他掏出來，菲莉亞已經勉強從沮喪的心情裡抬起了頭。

當然，她的眼睛邊上乾乾淨淨的，根本沒有哭過的痕跡。

「什麼啊，沒哭就不要一副可憐兮兮的樣子啊，妳這個白痴！」索恩吼道。

菲莉亞見他臉色通紅，自然認為他是生氣了，下意識的往後縮了縮，「……對不起。」

誰知索恩更加暴躁，「這有什麼好道歉的！不要跟我道歉，聽到沒有！」

「對、對不……」菲莉亞的話說了一半又嚥回去，不知道該道歉還是不該道歉。

話說回來，從以前開始索恩就一直針對她，拉她的頭髮、撕她的畫、掀她的裙子……明明她觀察過，索恩除了孿生姐姐洛蒂以外，對小鎮裡的其他人都不理不睬的。

所以，她是什麼時候做了讓他討厭她的事嗎？

索恩「嘖」了一聲，懊惱的抓亂了自己的一頭棕髮。

▶◇◀◎▶◇◀

當菲莉亞以及波士家兩姐弟乘坐著馬車平穩駛向王國之心的時候，真．魔族小王子歐文已經偷偷穿越了夾在艾斯與海波里恩之間的無人荒原，帶著偽造的身分進入了人類王國的國土——位於海波里恩最北邊的風刃地區。

此時他已經戴上了他爸給的那副據說可以隱藏身分的眼鏡，並且用魔法把自己的頭髮染成淺金色，眼睛變成淡灰色。

——果然老爸不可靠，偽裝還是自己來比較放心。

金髮灰眸是風刃地區的居民最典型的外表特徵。或許因為這裡是整個王國和魔族棲息地最接近的地區，居民們特別高大的身材和立體的五官，都與魔族有相似之處。在隱藏起魔族標誌的黑髮紅眸以後，歐文簡直就像是出生於風刃地區的本土居民。

他抵達的城市名為「布蘭登」，算是風刃地區的中心城。到達後歐文做的第一件事，就是直奔布蘭登中心圖書館。

想要融入一個社會，首先就要瞭解這裡的文化。歐文這麼確信著。

雖然他在艾斯城堡裡的時候，也多少瞭解過一些海波里恩的事，不過這些多半和海波里恩居民對自己國家的認識是不同的。

海波里恩王國大概可以分為七個區域：地處最北方、與艾斯接壤並盛產戰士的風刃地區，最南方的是最落後貧窮的農業區域南淖灣，西面是魔法師的聖地西方高原，東面則是以商業為本的繁華的流月地區，被這四個地區包圍的則是大陸的政治中心王國之心。另外，流月地區與王國之心還夾雜著精靈之森，而南淖灣和流月地區之間則被據說一旦進入便絕無可能生還的無人沙海所阻隔。

關於海波里恩的地理情況，歐文以前曾經學習過，因此並不陌生。祭司說那個勇者將會在海波里恩的心臟學習……如果不出意外的話，海波里恩的心臟指的應該是王國之心，那麼這裡也將是歐文的目的地。

歐文很快找到一本旅遊指南，裡面有關於王國之心的詳細介紹。

王國之心不僅是海波里恩的政治中心，還是教育中心。幾乎整個國家所有優秀的學校都集中在王國之心地區，其中公認不分上下的最好的三所勇者學校，兩所都位於王城裡，唯有一所名為冬波利的學校是在王國之心相對偏遠的地區。以這所勇者學校為中心，周圍形成了一個還算繁華的城鎮，學校管理著整個城鎮，而城鎮為學校提供必需品。

說實話，作為一個魔族，歐文的心情稍微有點複雜。

對付魔族、征戰魔王，這可是勇者學校培養出來的學生們主要出路之一。艾斯是海波里恩在這塊大陸上最後一塊尚未征服的領土，因此也是軍隊的主要攻擊對象，而進入軍隊好像對這個世界的勇者來說是件極為榮耀的事，同時士兵好像也是地位和薪資都很不錯的工作，所以……

總之，就是勇者學校的教育政策好像對魔族很不友好的樣子……

淡淡的不安……

歐文不禁捂住了臉。

他堂堂一個魔族王子混進這種大家都很想找魔族來捅一捅的學校真的沒問題嗎？德尼夫人的預言真的是為了拯救魔族，而不是讓他趕緊去送死早點終結魔族的血脈嗎？

說到預言……

德尼夫人還說，那個勇者會在年少時就顯露出非凡的才能。

這條細節對歐文的意義很大。它意味著那個擁有消滅魔族力量的勇者很可能會年少成名，這倒是件好事，十分有利於縮小目標。

而且，既然這個勇者這麼有才能，那麼他「接受系統學習」的地方，肯定不會是太差的學校，至少能把範圍縮小到三家最好的勇者學校之內。

那麼，那個勇者，到底會在哪一所學校入學呢？

還有，他到底是誰呢？

▶◇◀◎▶◇◀

「卡斯爾．約克森？」

「對，卡斯爾．約克森！真不敢相信，妳竟然沒有聽說過他！」洛蒂誇張的瞪大眼睛，故作驚訝道：「菲莉亞，妳是生活在山洞裡的嗎？！」

菲莉亞羞愧的低下了頭。在洛蒂說起來之前，她的確對這個人名沒有一點印象。

從艾麗西亞離開已經半個多月了，不出意外的話，路程已經過半。一開始洛蒂對菲莉亞還有些警惕，可她畢竟也只是個孩子，在菲莉亞完全沒有做出危險行為的意圖，而索恩又一再從旁助攻的情況下，她很快也對菲莉亞打開了心房，一路上有說有笑的。她們兩個又是女孩子，說不定比和索恩還更有話題些。

剛才，就是洛蒂率先提起了「喜歡的男孩子類型」這個話題。

一聽到開頭，索恩就極其不耐煩的冷哼，然後一個人蹲在窗邊看風景，只是時不時會將視線回瞟，落在自家姐姐和菲莉亞身上。

菲莉亞的臉漲得通紅，她不太考慮這個問題，只是支支吾吾的以馬丁哥哥為原型說了一些溫柔善良之類的。

聽她說完沒什麼意思的答案以後，洛蒂極為大膽的報出了「卡斯爾．約克森」這名字。誰知道聽完她夢中情人的名字後，菲莉亞沒什麼反應，反而想了半天之後問她「這是鎮裡的人嗎」。

這是鎮裡的人嗎！！！

這是鎮裡的人嗎！！！！！

真不敢相信菲莉亞竟然問出這種問題，卡斯爾．約克森怎麼可能會是艾麗西亞這種偏遠小鎮裡的人！

洛蒂替她的偶像感到了極大的屈辱。

太令人無語了，恨不得把侮辱偶像的人的腦袋塞進下水道裡洗洗！

「卡斯爾．約克森可是殺了上一任大魔王的傳說中的勇者的兒子啊！」洛蒂激動的抓著菲利亞的肩膀搖晃，「也是目前最被看好的勇者候補！他遲早能幹掉這一任大魔王，然後統一大陸！」

「可是，上一任大魔王被殺掉後，大陸也沒統一啊……」

「妳閉嘴！約克森家是目前最顯赫的勇者世家，也有貴族頭銜，身分很高貴的。卡斯爾本人被譽為三百年難得一見的天才，還是劍道和魔法雙方面的！聽說他目前在勇者學校讀劍士和魔法師的雙學位，而且在兩個系都是無可爭議的第一名！」洛蒂講得雙目發光，眼睛裡堆滿了星星，「不過，這些都不是最大的重點，重點是聽說他長得很英俊！卡斯爾大人可是有著一頭火焰般紅髮的男人啊……他以後肯定還會越來越帥，畢竟他父親曾經是那麼帥氣的勇者嘛，媽媽也是王城出生的貴族美女……我敢肯定卡斯爾大人以後一定會有八塊腹肌的！八塊！等上學以後我也要好好鍛鍊，也練出腹肌，成為配得上卡斯爾大人的健壯的美人！」

菲莉亞尊敬的望著洛蒂，她、她好有志向啊……

因為勇者是海波里恩社會上最受歡迎、最受尊敬的職業，所以漸漸的，大家連審美也變得傾向於勇者。所謂的美男子，勢必要有健康的膚色、高挺的身材，當然，立體堅毅的五官也必不可少，紋理漂亮的肌肉更是極大的加分項目。同時，對女性的審美也稍微受到影響，大家都喜歡美麗陽光的膚色，並且傾向於身體健康、有鍛鍊痕跡的身材；而臉色慘白、被碰一下就會掛掉的病態美人早就不流行了。

對了，因為傳說中的戰神勇者是個紅髮的男人，因此整個國家都對紅髮異常的著迷。擁有一頭漂亮的紅髮簡直就是性感的代名詞，這一點不分男女。

由於過度推崇紅髮，這個社會中的其他髮色多少都受到了衝擊，其中被衝擊得最嚴重的就是金髮，尤其是比較淡的淺金色。不知道從什麼時候起，淺金色被認為是紅髮的對立面，即象徵著「勇敢、自信、力量」的頭髮的對立面，甚至於「祝你生的兒子是金髮」成為了殺傷力極強的侮辱性語言，足以和「你生的兒子沒ＸＸ」相媲美，一旦說出口就是要和對方結仇的節奏。

對於這種審美，整個風刃地區都感覺受到了嚴重的地域歧視……

真是暴擊一萬點傷害啊！

因此，風刃地區的染髮業極為發達，不少本地居民都立志於和外地人通婚，以改善髮色的基因拯救下一代的未來。

菲莉亞是一頭棕髮，洛蒂是紅棕色。從髮色上來講，洛蒂要略勝一籌；不過，就五官而言，菲莉亞的潛力更大。

畢竟羅格朗先生和羅格朗太太能夠在艾麗西亞獲得「城裡人」的特殊稱號，一定程度上和他們相對時髦端正的長相也不無關係。菲莉亞的運氣不錯，她的五官集合了父母的優點，同時還有她自己個人的優化，現在年紀尚小還沒有長開，但將來的顏值很值得期待。

然而，菲莉亞的缺點在於膚色。

她不喜歡出門，還有點畏懼人群，因此就目前大家對女孩子的偏好來說，菲莉亞的膚色過於慘白了，是會被長輩建議「出去曬曬太陽」的類型。她應該再紅潤一些，看上去會比較健康。

這一點上，洛蒂遠比菲莉亞好得多。洛蒂從小就堅持習劍，無論五官怎麼樣，她的神色始終帶著活力和自信，使她變得很吸引人。

所以，菲莉亞並不懷疑洛蒂會實現她的夢想，變成一個健壯的美人。至於她自己……或許，無法通過入學考試，馬上就不得不回家了吧……

想到這裡，菲莉亞神色不由得有些黯然。

忽然，一直沒說話的索恩瞥了她一眼，似乎漫不經心的說道：「喂，妳的目的地是冬波利學院？」

菲莉亞顫了一下，她還是有點怕索恩。確定對方好像並沒有什麼惡意之後，她才畏縮的點了點頭。

「嘖。」索恩不高興的又把臉轉回窗外。

洛蒂感慨的嘆了口氣，「我好羨慕妳啊，菲莉亞，我也好想去冬波利……但我媽媽不同意，她堅持王城的學校才是最好的。妳知道嗎？卡斯爾．約克森就是冬波利的學生！」

▶◇◀◎▶◇◀

「卡斯爾．約克森？」

此時，在風刃地區和王國之心交界處的城鎮裡，歐文用和菲莉亞同樣的語氣發出了同樣的疑問。他將這個名字反覆咀嚼著，覺得「約克森」這個姓氏很是耳熟，卻死活想不起來在哪裡聽過。

麵包店的老闆是個年邁的老人，他又笑咪咪的彎腰遞給歐文兩塊小圓麵包，回答：「是啊，說到最近幾年嶄露頭角的年輕人，肯定就是卡斯爾．約克森了吧。連像我這樣的老傢伙都聽說過，大家都說他將來一定是能夠打敗魔王的傳奇勇者，就像他父親一樣……不，或許是比他父親走得還要遠吧。」

——哦，原來是打敗了爺爺的勇者的兒子啊……

歐文恍然大悟。

這麼掐指一算的話，他們還是世仇？雖然……

記憶中的大魔王老爸：「兒子，你真是不知道你爺爺是個怎樣的混球！他從來不幹正事，每天只知道嫖娼，生了孩子就隨便扔到王宮裡讓僕人養！你爹我當年可是幹掉了四十多個同父異母的兄弟姐妹才當上大魔王的好嗎！誒，不過話說回來其實我們也不確定我們老爸是不是就是你爺爺啦……總之，當年那個姓約克森的幹掉了你爺爺，這可真是一件為魔除害的大好事！我一激動寄了二十多封感謝信給他！」

歐文：「……」

算了，姑且算作是世仇好了……反正目前也沒有更合適的人選。

他數了數抱在懷裡的一整袋麵包，又從錢袋裡數出錢準備遞給老人，燦爛一笑道：「謝謝你，老先生，這些資訊對我很有用。」

見歐文很高興的樣子，老闆也覺得高興，他只拿了歐文手心的幾枚硬幣，剩下的沒有收，說道：「這兩個小麵包是額外送你的，你該多吃點補補身體，多鍛鍊點肌肉，將來才會有女孩子喜歡。你現在太瘦了。」

歐文一愣。

老闆接著說道：「等到夏天，你還可以再去海邊曬曬太陽，女孩子會喜歡小麥色皮膚的男孩子的……誒，別擔心，也別太為自己的相貌沮喪。孩子，你年紀還小，以後會長高的，現在鍛鍊也還來得及。唔……還有你這頭髮，你是風刃地區的居民吧？哎，難怪，風刃地區的男人就是髮色太娘了，你長大以後去染一下吧，染個紅色會比較有男子氣概一點。」

歐文：「……」

他的長相……是被嫌棄了嗎？

——話說髮色娘是怎麼回事？信不信我染回原來的髮色瞬間嚇死你啊！(╯`□´)╯┴─┴

——讓你瞧瞧正宗酷炫皇室魔族黑！

儘管歐文並不十分在意自己的相貌，但也不得不感到一絲淡淡的不爽。在艾斯的時候，他從來沒有聽過哪個魔族說他長得不夠好看，更沒有人會說他娘……當然，這可能和他王子的身分也有一些關係。

在海波里恩王國的領地裡待了半個多月，歐文多少也瞭解到一些這個地方對於所謂「勇者美」的推崇……算了，容貌不英俊對他來說倒也是件好事。儘管算不上是海波里恩帥哥，從這些天居民的態度來看，他應該也不至於歸類在醜得很刺眼的那一堆才對。不引人注目對他來說才是最好的。

想通關節，歐文再次對老人露出一個開朗的笑臉，「謝謝您，老先生。我會努力的。」

才怪。

年邁的麵包店老闆和藹的拍拍他的頭。

——唔……這個小男孩雖然並不是時下流行的類型，笑起來倒也十分可愛呢……

「看你的樣子，也是想去王國之心求學的學生吧？」老闆又問道：「怎麼，父母沒有來送你嗎？」

「嗯，我爸爸媽媽比較忙。」歐文含糊的回道。

老闆又道：「哦，那你這麼小的年紀一個人到這裡，可真是能幹……說起來，那個卡斯爾．約克森也是在王國之心上學呢，就在離這裡不遠的冬波利學院。」

抱著麵包從店裡走出來，歐文一邊將一個小圓麵包塞進嘴裡，一邊重新抖開了地圖。

冬波利是王國之心最偏遠的一所學校，就在與風刃地區交界的地方……的確和目前自己的所在地很近，大概只隔三、四個村莊而已。

如果立刻啟程的話，大概幾天就能到了吧。歐文推算著。

▶◇◀◎▶◇◀

「我們到了。再見，菲莉亞，接下來妳一個人要小心。」

洛蒂在馬車下對菲莉亞揮手，在一起相處了一個月，菲莉亞並沒有母親說得那麼可怕，等到要分離的時候，洛蒂竟然稍微有點捨不得。

「再見，洛蒂，還有……索、索恩。」菲莉亞也向他們揮手道別，只不過和索恩目光交接時，她還是忍不住縮了一下。

「哼。」索恩雙手環著胸，一副不屑搭理她的樣子，「喂，如果妳在冬波利待不下去的話，也可以試試轉來王城這裡。到時候……」

「到時候我們可以罩妳。」洛蒂笑著接口道。

索恩被搶了話頭，憋著臉僵了半天，最後又冷哼一聲，算是默認，只是耳根有點紅。

洛蒂和索恩離開後，菲莉亞一個人留在馬車裡往外張望。

母親說父親會在王城的驛站和她會合，所以她不停的在人群中尋找，希望能儘快看到父親的身影。

……不過，事實上，菲莉亞對於自己是否記清楚了父親的外貌長相並不是很確定，畢竟他每年待在家裡的時間都很短。

然而，不管菲莉亞如何焦急，羅格朗先生卻一直沒有出現。

難道他沒有收到她前幾天寄出去的她即將抵達的通知信函？

菲莉亞不由得擔憂起來。

又過了十幾分鐘，才終於有一個高瘦的中年男子遲疑的站在馬車前，打量著菲莉亞。

菲莉亞也努力的打量他。這個男人比她在艾麗西亞見到的任何一個男性穿著得都要得體、紳士，他頭上戴著一頂寬沿的黑帽，穿著筆挺的西裝打著領帶，手上提著一個深棕色的皮箱，看起來行李並不多。

另外，他似乎還讓人覺得眼熟。

「爸、爸爸？」菲莉亞並不十分確定的開口喊道。

「菲莉亞？真的是妳？」男人聽到她的呼喚，終於鬆了口氣，「謝天謝地，我還以為不小心錯過了呢。今天驛站的人實在太多了……」

羅格朗先生取下頭上的帽子，幾步登上馬車，在菲莉亞對面坐下，並將行李箱放到座位下。在這整個過程中，菲莉亞只是自己縮在座位上，一言不發。

儘管羅格朗先生是她的親生父親，可他們實際上並不怎麼熟。菲莉亞又是內向靦腆的性格，有些不知道該怎麼和父親相處才好。

「妳今年看起來又長大不少。」放好皮箱，羅格朗先生的視線重新落在菲莉亞身上，他欣慰的說道：「妳也到可以參加入學考試的年紀了……馬丁呢？他怎麼樣，身體還好嗎？」

菲莉亞緊張的點點頭，張了張嘴，卻不知道該說點什麼。

好在羅格朗先生並不在意她的反應，只是繼續道：「馬丁是正在學怎麼經營麵包店吧？妳媽媽的信裡有和我提過……唔，其實比起當個麵包師，我倒希望他願意到城裡來跟我學做生意，也不知道妳媽媽會不會同意……對了，菲莉亞，妳媽媽過得也還不錯吧？」

菲莉亞又乖巧的點點頭。點完頭後，她又覺得自己一直一言不發實在太沉悶了，於是鼓起勇氣，張嘴道：「媽媽她……一直很想你。」

羅格朗先生一怔，「……是嗎？」

話題到此結束，氣氛莫名的沉默了下來。菲莉亞更手足無措了，直覺自己可能不小心又做了什麼讓父親生氣的事。

明明她之前還一直暗暗期待早點見到父親，可真的見面了，怎麼又覺得比和洛蒂、索恩在一起的時候還要不自在呢？

從王城到冬波利學院所在的小鎮只需要幾天時間，可這幾天對菲莉亞來說卻格外漫長。她和父親之間並沒有什麼共同的話題，多半是父親問問關於她的事，然後菲莉亞結結巴巴的簡短回答，大部分時間他們都只能各自望著窗外，數著一分一秒過去的沉悶的時間。

羅格朗先生對菲莉亞很溫柔也很細心，可兩人之間卻相當陌生，比起父女，更像是主人和客人，而且還是互相都不熟悉的主客。

「妳考試期間，我們需要在這裡住上幾天。冬波利這裡每年九月都會變得很擠，不過我之前就已經訂好了旅店房間，妳不用擔心。」一抵達目的地後，羅格朗先生對菲莉亞道。

他看著菲莉亞似乎有點畏縮的樣子，稍微猶豫了一會兒，還是不熟練的摸了摸她的頭，說道：「不用擔心，妳很有天賦，一定能考上的。」

菲莉亞覺得被父親摸頭有哪裡怪怪的，她並不習慣。父親的手和哥哥感覺很不一樣，他的手比哥哥要大得多，也沉重得多。而且父親似乎很少笑，看起來有點嚴肅，馬丁哥哥卻很溫柔，每次注視她的時候，都會輕輕的微笑。

不過，菲莉亞還是對父親用力點了點頭。她相信自己總有一天會習慣和父親接觸的。

這個小鎮是完全圍繞著冬波利學院建起來的，因此也叫做冬波利。小鎮的居民很大一部分都是冬波利原本的學生，畢業後對學院還有所留戀，因此留了下來。附近的店面亦大多是針對學生的，菲莉亞從馬車裡看出去，就看到好幾家文具店和武器店，當然似乎還有一家潮流服飾店……

到了旅店，羅格朗先生幫菲莉亞把行李一件一件往下搬。羅格朗太太準備的東西，都是為了菲莉亞在這裡住宿一年以上而準備的，因此數量並不少。看著地上的行李越來越多，菲莉亞心裡的壓力越來越大。

──如果我考不上怎麼辦？如果我帶著這麼多行李一個人回到艾麗西亞，媽媽一定會覺得很丟臉吧？而且……哥哥也一定會很失望……

然而，菲莉亞並不認為自己有什麼足以讓考官留下她而不是別人的優點，她小時候的確力氣比其他人要大一些，可、可是因為害怕傷到人，她已經很多年沒有鍛鍊過了，也不知道力量還在不在……即使在，只不過能夠抬起重物而已，相較於其他人魔法、劍術、射擊的天賦，實在太微不足道了……

羅格朗先生訂了兩個房間，菲莉亞有自己單獨的一間，在羅格朗先生隔壁。終於可以不必再和父親在同一個空間內尷尬獨處，她稍微鬆了口氣。

▶◇◀◎▶◇◀

休息一晚上，第二天一早，羅格朗先生就帶菲莉亞去進行應考生註冊登記。

昨天剛剛進入冬波利小鎮，菲莉亞就已經看到了學院的城堡。那是一座極高的石堡，最高的地方像極了尖塔。明明學院的整體色調灰暗，但不知怎麼的，菲莉亞並不覺得它看起來很沉悶，相反有一種莫名的生氣。

不過，等走近城堡，菲莉亞還是不禁對這所學院的氣派感到吃驚……還有嚮往。

她真的……能成為這裡的一員嗎？

「參加入學考試的考生請往這裡走。」

羅格朗先生說得沒錯，來參加考試的人果然很多，有不少看上去像是已經入學的學生正在幫忙維護秩序，還有引導他們走到正確的地方去。

菲莉亞小心翼翼的打量著周圍的「競爭對手」。

——他們看上去都好強……

左邊有幾個人結伴而來，他們都穿著長袍拿著魔杖，應該是來考魔法系的，菲莉亞還是頭一次看到貨真價實的魔法師，不由得多看了幾眼；右邊有個娃娃臉卻渾身肌肉的男孩，那些肌肉形狀飽滿的堆在手臂上，看得菲莉亞有點密集恐懼症發作，但有幾個女孩子一直紅著臉跟在他後面，像是伺機搭訕。

儘管海波里恩的人民的確很欣賞肌肉，但這種欣賞更側重於健康、健美，和渾身過於誇張的肌肉仍然有一定距離……不過，自從海波里恩的審美勇者化以後，也不乏有極端的肌肉愛好者隨時準備和肌肉帥哥來一場曠世絕戀。

當然，菲莉亞並不是這一派的，她不忍直視的掩面低頭繼續走。

走進學校的城堡，第一層整個都是亮堂堂的大廳，地板是大理石鋪成的，十分乾淨，菲莉亞一低頭就能看見自己緊張的臉。

這時，羅格朗先生道：「抱歉，菲莉亞，接下來妳可能要自己走了……」他頓了頓，又補充道：「我聽說冬波利學院不喜歡什麼事都由家長代為辦理的學生。別怕，我會一直在門口等妳出來。」

「好、好的。」菲莉亞吞了口口水，自己一個人往人群中心走去，沒走幾步又回了頭，看見父親確實留在原地，正安撫的朝她揮手。

菲莉亞繼續往前走，直到隱隱看到註冊排隊的隊尾了，她才終於鬆了口氣，正要加快腳步走過去，忽然一條粗壯的手臂攔在她前面，擋住了菲莉亞的去路。

「等等，同學，這裡是勇者類考生報到的隊伍。」攔住她的學生皺著眉頭打量她，「輔助類考生應該去樓上。」

這個學生的聲音不小，他話音剛落，菲莉亞已經感覺到周圍有許多人看了過來，那些略帶輕蔑的視線中，還夾雜著些許嗤笑聲。

「那、那個，我、我就是勇者類的學生……」菲莉亞低著頭，小聲的辯解道。

在海波里恩，勇者是最受尊重的職業，相對的連學習中的勇者地位都比較高，勇者類也是勇者學校的主流類別。相反的，輔助類的學生就顯得可有可無，有種利用歪門邪道混文憑的感覺，地位較低，還常常受到歧視。

「啊？抱、抱歉。」攔住她的學生有些吃驚，他不由得再次打量菲莉亞。

眼前的女孩身材瘦弱，神情怯懦，看上去不太像是物理系的勇者，難道是來考魔法系？可她隨身又沒有帶魔杖，一般來說就算是還未入學的魔法師也會隨身帶魔杖吧……

「沒關係。」審視的視線太令人難以承受，菲莉亞不得不侷促的說著，接著藉著對方側身的工夫，飛快跑到了隊伍的末尾站定。

——果、果然……

菲莉亞十分沮喪。

她從外表看上去就不像是一個勇者。像她這樣的傢伙想要成為勇者……這肯定是不可能的吧？

第三章 入學考試遇到天使

冬波利學院顯然並不打算給考生太多的準備時間，第二天，菲莉亞就不得不去面對第一場考試了。

第一場是筆試，也就是在考卷上回答一些羅格朗太太經常抽查的那類問題。但由於前一天註冊報到的時候受到打擊，菲莉亞那比蘆葦桿還脆弱的神經尚未恢復過來，考試的時候整個人都暈乎乎的，題目的意思都看不懂，她眼淚快掉下來了。

而另一邊，歐文・黑迪斯……不，按照他在試卷上填的名字，應該是歐文・哈迪斯——感謝母親大人取的名字很大眾不用改——正用胳肢窩夾著一根魔杖，雙手揣在口袋裡，輕鬆的走出了考場。

——什麼啊，人類勇者學校的考題，不是很簡單嗎！

他極為不要臉、極為欠揍的這麼想著。

畢竟世界上沒有人比魔族更瞭解魔族自己，今年冬波利學院考試的方向又側重於魔族，對歐文來說，他只是把自己及家人的生活和特點描寫了一下而已。至於別的問題……唔，魔族王子的家庭教師也不是白吃飯的。

當然，歐文目前並不知道，因為他把魔族所有特徵都用描述優點的口吻寫了出來，幾個小時後，他的那份試卷就會被一個眉心皺紋可以夾死蚊子的閱卷老師打下「雖然是可塑之才但是觀念明顯有問題，必須回爐重造」的評語，而且險些一票否決性的不及格。

總之，歐文現在感覺還很不錯，他覺得自己會有一個高分的，接下來只要準備明天的技能展示就可以了。他報名的專業是魔法系，魔法簡直是魔族刻在血緣裡的天賦技能，歐文完全不覺得自己會有什麼問題，哪怕他準備用的是一根在小攤上買的只值幾個硬幣的破魔杖。

其實，相較於筆試，第二場的技能展示和第三場的實戰測驗才是重點。

冬波利學院很看重學生的個人實際能力，他們認為不會的知識可以反覆的教，但只會背書卻不會應用的「書呆子」絕不能要。

筆試比起考試，更像是性格測試，瞭解考生的個性、對世界的看法，以及他們面對問題的處理方式，雖然也會打分作為因材施教參考的一部分，可實際上因為筆試被退掉的學生是很少的。

然而，菲莉亞並不知道這一點。

所以第二天，她頂著兩個巨大的黑眼圈重新進入了冬波利學院的城堡大堂。

她昨天晚上在棉被裡難過自責了一整晚，因為考試的巨大打擊而睡不著覺，而且越想睡就越睡不著。今天早上一醒來，她已經陷入了精疲力盡的狀態之中。在父親告訴她，早上有冬波利的學生過來通知說她第一輪考試通過了的時候，菲莉亞還感到難以置信，直到來參加第二輪考試的路上都不敢相信自己的好運。

父親這一次僅僅把她送到城堡後門而已，菲莉亞只好縮著脖子一個人再去候考。周圍的考生看起來都極其有自信，似乎對冬波利的考試勝券在握，菲莉亞心裡更沒有底了。

時間到了以後，同樣有學生模樣的人讓他們隨機抽號碼牌，然後按照號碼牌重新排隊。那個發牌的人在看到菲莉亞的時候，同樣露出了狐疑的神色。想到昨天她也被認為是輔助類的考生，菲莉亞不由得越發的壓低了頭。

「妳好，妳是十六號嗎？」

忽然，耳邊響起一道友好的聲音，菲莉亞緊繃的身體不自覺一顫，反應了一會兒，才意識到對方是在和她說話。她趕緊看了一眼自己手上的號碼牌，上面果然寫著十六號。

「是、是的，我是十六號。」害怕對方久等，菲莉亞慌張的回頭。

映入眼簾的是一個男孩和善的面頰，他的鼻梁上架著一副眼鏡，皮膚很白皙，嘴角也掛著微笑，看上去沒什麼攻擊力，十分好相處。

不過，菲莉亞的視線不由自主的上移，落在了男孩的頭髮上。

——啊，好淺的金髮……

「我是十七號，那麼我就排在妳後面。」歐文晃了晃手裡的號碼牌，溫和的微笑著說。

然而，儘管表面上風和日麗，他的內心其實是咆哮的：臥槽，妳為什麼要盯著我的頭髮看？妳說！妳說！妳說！

在風刃地區的時候還沒有感覺到，自從進入王國之心地區，歐文之前為了掩飾而染的金髮，反倒變成了極其惹眼的存在。但凡和他說話的人，不管男女老少，都一副極其可惜的樣子對他搖頭嘆息：「少年，你的五官很有潛力，就是長大以後練練肌肉、染個頭髮吧。」

然而，現在再換個髮色已經來不及了，歐文只好默默承受著那些異樣的目光，將自己的崩潰隱藏在淺笑的皮囊之下。

歐文覺得自己遲早被逼瘋，鬼才知道他什麼時候就會爆發了……

菲莉亞並沒有感覺到眼前的男孩周圍氣壓已經變得越來越低，氣氛也越來越危險了。她現在反而覺得很感動，從進入冬波利以後，沒有人主動和她搭話，即使偶爾有視線落在她身上，也表現得很輕蔑。反觀周圍，那些看起來很強大的、有自信的學生，都已經三三兩兩聚在一起了，和菲莉亞四周的真空圈形成鮮明對比。

現在，有一個學生主動和她說話，而且沒有惡意、沒有輕視，態度很親和，菲莉亞覺得自己一定是碰到了好人。

在對方笑容的感染下，她也鼓起勇氣，靦腆的笑了笑。

看到對方對他笑，這次倒是換歐文愣了愣。

——這就是……人類的女孩子？

——感覺倒不算太糟糕……還、還挺可愛的。

歐文其實並不擅長和女孩子相處，他的臉不自覺的紅了紅，然後默默側過頭去，抓亂了自己的金髮。

重新排好隊以後，所有的考生們都按順序坐在一旁備好的椅子上等待。因為等待實在是件漫長的事，歐文和菲莉亞不知不覺聊了起來。

「妳是勇者類物理系的吧？」歐文打量了一下菲莉亞。他沒有從她身上感覺到魔法的氣息，同時她也沒有攜帶魔杖，因此他雖然用了問句，其實很篤定。

菲莉亞則是為對方沒有用「妳竟然是勇者類物理系啊？！」這種語氣來詢問而鬆了口氣，甚至還隱隱有點被承認的感動，於是她用力點了點頭。

接著，菲莉亞注意到歐文隨手擱在一邊的魔杖，好奇的問道：「你是魔法系？」

在艾麗西亞，菲莉亞從來沒有見過魔法師，更別提跟他們近距離說話。聽說魔法師大多都住在西方高原，因為那裡離天空很近，空氣稀薄，十分有利於魔法師占星；另外，在風刃地區也有不少魔法師，因為風刃地區的居民有魔法天賦的比例很大；繁榮的王國之心和富裕的流月地區憑藉著經濟和政治的地位，也吸引了一定的魔法師入住。總之，只有偏遠又貧窮的南淖灣是最見不到魔法師的。

現在，菲莉亞的眼前有一個似乎會成為魔法師的考生，而且對方還願意和她說話！看他的外形……菲莉亞忍不住又瞥了一眼那頭金髮，或、或許，他是來自風刃地區吧？

「對，我準備考魔法系。」歐文大大方方的承認了，並極其流暢的開始扯謊，「我叫歐文．哈迪斯，來自風刃地區。」

歐文的想法很簡單，他是準備混進人類之中，在不暴露身分的前提下和他們友好相處，既然對方也是考生，那以後很有可能是同學不是嗎？友善的打個招呼不是很正常嗎？

但菲莉亞頓時感到受寵若驚，她這時才意識到他們還沒有互報姓名。

「我、我叫菲莉亞，菲莉亞．羅格朗，來自……南淖灣。」菲莉亞結結巴巴的說，講到自己的出生地時，她不自覺的降低了聲調。

南淖灣，在王國幾乎就是貧窮落後的代名詞，菲莉亞從沒離開過家鄉，卻也清楚的知道這一點。她小心翼翼打量著歐文的神情，發現對方的神情中並沒有她想像出的輕蔑、鄙夷，依然十分正常。

歐文恍然大悟的說道：「哦，妳是來自南淖灣啊……」南淖灣是哪裡來著？之前看的書上似乎有寫……好像是離艾斯最遠的熱帶地區？海波里恩的南部？

歐文稍微頓了頓，綻開笑容道：「那是個很溫暖的地方吧？真好啊，有機會的話，我也想去看看。」

那是個很溫暖的地方吧？

很溫暖的地方吧？

溫暖的地方吧？

我也想去看看。

想去看看。

去看看……

菲莉亞簡直被對方燦爛的笑容晃花了眼，連帶著那頭原本不是很順眼的金髮都忽然燦爛得如同陽光一般，她、她心跳好像有點快……

——哥哥，冬波利這裡有天使！QAQ

毫無疑問，菲莉亞是愛她的家鄉的。因此，在王國之心感受到其他人對南淖灣的蔑視以後，這來之不易的讚美瞬間就擊穿了她本就薄弱的心防。

——如、如果我說想和天使做朋友的話，天使會同意嗎？QAQ

眼前的女孩子呆呆的樣子，讓歐文覺得有點困惑，他覺得奇怪的眨了眨眼，但並未太往心裡去。

「那個……妳的武器是什麼？」歐文試圖再找一個話題，絞盡腦汁後問道：「物理系的話，下面還要再按照武器的類別細分吧？」

魔法系接下來是按照使用的魔法類別細分的，歐文基本上可以確定自己會去學習冰系的魔法，畢竟這算是魔族的天賦技能。

然而，在他問出這個問題的一剎那，菲莉亞卻忽然僵硬了。

——我、我的武器……真的……要說出來嗎？

——說出來的話，對方絕對會用奇怪的眼神看我吧？

菲莉亞用力絞緊手指，張了張嘴，卻半天不知道從哪裡說起。

——好、好難開口。

「十六號，菲莉亞．羅格朗！」

「那個，抱歉，到我了，下次再說吧。」菲莉亞大鬆一口氣，報號的聲音在這一刻簡直猶如天籟，她連緊張是什麼都忘了。

——不過如果成為同學的話，遲早會被對方知道的吧。

幸好她可能沒辦法通過考試，在天使眼裡的印象，至少不會更糟糕了。

菲莉亞甚至產生了這樣的想法，她驚惶失措的奔進考場裡，只留下歐文一個人在原地摸不著頭緒。

▶◇◀◎▶◇◀

候考的考生們都在彼此聊天，因此外面是很喧鬧的，而考場裡則正好相反，一切雜音都被遮罩，安靜得連蚊子搧動翅膀的聲音都能聽見。在這樣靜謐的空間中，短暫被菲莉亞遺忘的緊張又歡天喜地的跑了回來。

她手心冒汗，心臟也跳得很快。

考場內是一片很寬廣的場地，空地的一旁放著武器架，各種各樣的武器都有，另一旁擺著一張長桌，五個面無表情的考官坐在桌後，從他們臉上看不出一絲喜怒，因此更襯托出考場的嚴肅性。

菲莉亞不由得縮了縮，嚥了口口水。

坐在中間的是個戴著眼鏡、脖子很長很瘦的女考官，她抬頭看了菲莉亞一眼，下巴對武器架的方向揚了揚，道：「去挑妳自己趁手的武器吧。」

菲莉亞也不知該做何反應，慌張的對五個考官鞠了一躬，便跌跌撞撞的跑向武器架，因為步伐太過不穩，中途還險些跌了一跤。

——嗚嗚，背後的目光好刺人……

武器架上應有盡有，長刀、鐵劍、匕首、盾牌、長矛、弓箭……種類十分豐富，但都是武器中最為普通的質地，沒有什麼特別之處。

菲莉亞深呼吸一口，緩緩將手伸向了武器架的下方。

拿到她準備用的武器後，她再次看向考官。五個考官都沒什麼特別的反應，中間的女考官扶了扶眼鏡，淡淡的說道：「動手吧，看準靶子。」

菲莉亞只好再轉過頭去找靶子。

剛才太慌張了沒看見，在空地的對面的確立了幾個紅心靶子，除了靶子以外，還有稻草人，大概是給選劍或者刀的考生用的。

周圍實在太安靜了，安靜得令人心慌。菲莉亞只覺得自己膝蓋和手都抖得停不下來，恨不得拔腿就跑。她大腦放空，雙眼一閉，不管不顧的將手裡的武器使勁往前一扔——

「砰！」

幾秒鐘後，菲莉亞聽到了不太像是命中靶子的巨響……

她顫抖著睜開眼，只見所有的靶子和草人都好好的立在原地，只是考場另一面的圍牆上裂了個大洞，她的武器不見了……

——又、又沒控制好……QAQ

——而且完全沒有命中靶子……

菲莉亞整個人都抖了起來，併著雙腿低著頭，恨不得整個人都從空氣裡消失。

然而，女考官依然淡定如常，彷彿對面的圍牆上完全沒有被砸出一個大洞，她也沒有要求菲莉亞賠償，只是點點頭，道：「妳可以走了。」

「對、對不起……」菲莉亞憋了半天，只憋出一句不像樣的道歉，她向考官們又鞠了一次躬，就飛快的跑了出去。

「臥槽！」菲莉亞剛剛離開門口，坐在最右邊的山羊鬍考官立刻跳了起來，「尼瑪那是用鐵餅砸的？！那是用我們準備的鐵餅砸的？！」

「剛才我差點就忍不住站起來了！」右邊第二個身體健壯、個頭高大的考官也吃驚的說道，他的眼睛望著那個森森的洞，瞪得比牛眼還大，「這也太驚人了吧！」

中間的女考官扶了扶眼鏡，冷冷的說道：「你那是要站起來？要不是我拉著你，我看你都準備飛起來了吧？」

壯漢不好意思的抓了抓頭，但旋即辯解道：「呃……這不能怪我，漢娜，妳也看到了，那女孩一開始就沒看到起始線，她是直接從考試臺這裡扔的……妳算算看，妳算算看這距離多少？還把圍牆砸了個窟窿……混蛋！那個圍牆用什麼材料造的妳是知道的吧？」

「太瘋狂了……」山羊鬍考官配合的扶額。

被稱為漢娜的女考官皺了皺眉頭，說：「我理解你們看到一個有天賦的學生的心情，但能保持穩重嗎？」

「不，漢娜，像他們那樣吃驚才是對的。妳或許還沒有完全領會到那個女孩子可怕的能力。」這時，坐在最左邊的考官開口了，他也戴著一副圓形的黑邊眼鏡，深藍色的眼睛幽幽的在鏡片後放著光，「妳注意到了嗎？那裡有兩個鐵餅，一個是為女學生所準備的，兩公斤重，另一個是為男學生所準備的，四公斤重。她想也不想就選了四公斤的那個，而且拿起來的時候十分輕鬆，彷彿拿的不是一個鐵餅而是一筐白菜……」

他頓了頓，繼續分析道：「很明顯，她是故意的，她是想要告訴我們，她的力道遠遠不止於此。她不對準靶子扔，恐怕也是出於同樣的考慮，我們考試的標準對她來說太簡單了。她從一開始就計畫好了，所以裝作怯懦的樣子，好讓我們在毫無準備的情況下大大的吃一驚，將考官玩弄於股掌之間……多麼傲慢的孩子啊！」

漢娜考官推了推眼鏡，「原來如此，查德，你是這樣考慮的嗎？那麼妳呢，伊蒂絲，妳怎麼看？」

「我？」坐在左邊第二個，一直沒有開口的年輕女性眨了眨眼，「老實說，她把鐵餅拿起來的時候我覺得很吃驚呢……這個孩子看上去完全不是用鐵餅的類型，我還以為她會挑個溫和可愛點的，比方說小匕首。唔，有那麼一剎那，我真的以為她會是我的學生，那種怯懦的樣子很容易就可以讓人放鬆警戒的，然後趁對方不注意的時候，一刀……」

被稱為伊蒂絲的考官，舔了舔嘴脣，優雅的撥弄著自己垂在胸前的紅髮。

「我不想知道妳的進攻技巧，我想知道的是你們怎麼評價這個學生。」漢娜不客氣的打斷了伊蒂絲的描述，她抬頭往一片狼籍的場地裡看了看，「要知道，按照我們的評分標準，這個孩子……是零分。」

「什麼！」右邊的壯漢急躁的站起來，「當然要留下她！這個女孩是可塑之才，她將是我的學生！」

「冷靜，冷靜點，尼爾森。」山羊鬍不得不安撫著身邊的壯漢，分析解釋道：「剛才那一幕是很驚人，但仔細想想，鐵餅這種東西作為運動項目來說還算有趣，可作為武器來說，攻擊的里程和攻擊力都很尷尬……如果說是遠端武器，距離比不上弓箭；說是近戰武器，殺傷力比不上重劍重刀……老實說，這也太冷門了，那塊鐵餅放在那裡已經積了好幾年灰，幾乎沒有學生會選它……」

漢娜又習慣性推了推眼鏡，道：「希勒里說得對，鐵餅作為武器來說太沒價值了，而且很少有勇者的隊伍願意接收一個武器是鐵餅的成員。那孩子的前途很困難。」

名為尼爾森的壯漢根本聽不見其他人說話，他憤怒的捶著桌子，「你們就要因為這種不可理喻的理由放棄一個足以被稱為天才的學生？！不放棄任何一種潛能難道不是我們的辦學理念嗎？我對你們感到失望，你們這群思想不會變通的——」

「閉嘴，尼爾森，你最好等冷靜下來再說話。」漢娜不再理她，轉過頭看向左邊的兩個人，「伊蒂絲、查德，你們兩個說。」

伊蒂絲嘛著塗滿鮮豔口紅的嘴，無聊的撥弄著手指，「反正我無所謂，你們決定吧。」

查德平靜的說：「我剛才翻了翻這孩子的檔案，還有她上一場考試的試卷。她來自以貧窮落後為標誌的南淖灣，家庭條件也很普通，父親是個四處行商的商人，母親經營麵包店……她的考試成績也很普通，六十一分……差一點就不及格了。」

「這麼說，你這一次是站在希勒里這邊的了？」漢娜問道。

「嘖。」尼爾森暴躁的又砸了一下桌面，他的體型橫豎都是普通人的兩倍，因此這一下格外嚇人。

然而，查德並沒有被他嚇到，他的表情依然極為冷靜。

「不，事實上，這一次我覺得尼爾森難得的說到了重點上。」查德一邊說著，一邊拿出了他的魔杖，「我們的辦學理念是不放棄任何一種潛能。那個女孩的身體裡蘊含著十分令人期待的能量……」

他揮動了手裡的魔杖，銀色夾雜著灰色的魔力從魔杖的尖端湧了出來，撲向之前被菲莉亞砸出來的圍牆上的洞。

那塊鐵餅從洞裡飛了回來，自動歸位到武器架，被砸開的圍牆一片一片的合了回去，最終恢復成原本的樣子。

「對物理系來說，所謂的武器，並不是不可更改的不是嗎？那個女孩，顯然認為鐵餅對她來說游刃有餘……漢娜、希勒里，你們有沒有想過，如果幾十公斤的重物直接從幾百公尺之外扔到敵人頭頂的話，會是怎麼樣的光景？」查德緩慢而沉穩的說道。

漢娜皺起眉頭，「你覺得……這種事，有可能做到？」

「不試試怎麼知道呢？」他摸著自己魔杖的尖端，說：「就像在傑克．格林之前，沒有人相信世界上有人可以一動不動只憑一根木棍和幾段咒語就橫掃千軍……後來，我們甚至不需要咒語了。」

漢娜和希勒里對視一眼，沒有再說話。

「看來有結論了。」查德點了點頭，「那麼，讓我們看看下一個孩子吧。」

漢娜表示同意，她低頭翻了翻考生的名單，說道：「查德、希勒里，下一個是你們的學生。歐文．哈迪斯，魔法系。」

▶◇◀◎▶◇◀

「十七號，歐文．哈迪斯！」

終於聽到自己的名字，歐文從容的站起來。

他對自己的水準很有自信，因此並不害怕……如果一個魔族王子的魔力還比不上其他同齡人類的話，他還不如早點自我終結魔王之血比較好。

不過……

歐文輕輕蹙眉。

不知是不是錯覺，剛才那個叫菲莉亞．羅格朗的女孩，似乎在裡面待的時間格外的久。她的技能需要展示的時間很長嗎？還是說，出了什麼意外？

由於冬波利學院各個空間的隔音都做得很好，歐文並沒有聽見鐵餅砸破牆壁的聲響。另外，考場的出口和入口在不同方向，他也無從判斷菲莉亞是什麼時候離開的。因此，從他的角度，只能得出菲莉亞考試的時間似乎特別長的結論。

他並不討厭那個人類女孩，唔……但願她一切都順利。

歐文也沒有時間想太多，他已經進入了考場。

五個考官在經過激烈的討論以後，好不容易才恢復到原本平靜的樣子。為了公平公正，避免考官的情緒對考生造成影響，他們五個人必須在考生考試的整個期間都維持著面癱的形象……唔，有時候這怪不容易的，比如說碰到菲莉亞那種特殊情形。

總之，歐文看到的情況和菲莉亞完全一樣：考場已經恢復原狀，五個考官都面無表情，氣氛安靜得詭異。

……反正再怎麼詭異也不可能比和魔王爸爸兩個人待在城堡裡的時候更詭異了，至少這幾個考官不會跑過來追問他對言情小說還有周圍同齡女孩的看法。

於是歐文很快適應了環境，他露出矜持而禮貌的微笑，對五個考官微微鞠躬，說：「考官們好，我是十七號考生，歐文·哈迪斯，報考魔法系。」

坐在中間的漢娜考官對他冷淡的點點頭，示意瞭解了情況。

希勒里從桌子下面摸出一顆水晶球，擺在桌上，對歐文道：「過來，把手放在上面，然後輸出魔力……越多越好。」

於是歐文聽話的走過去，按照考官所說的將手放在水晶球上，緩緩將魔力注入其中。隨著他的魔力湧入，水晶球裡開始閃爍出白色光點，並且變得越來越亮，逐漸成為一顆光球。

然而，歐文不知道該在什麼時候停下。

人類需要透過後天的學習和一定的天賦才能學會怎樣在身體中儲存魔力，從而使用魔法。但魔族卻不是。對魔族來說，魔法就和呼吸一樣，是本能中最自然的一部分。雖然魔力有強有弱，可是這就像心跳有人快、有人慢，也是很正常的。

人類由於儲存魔力的能力不同，魔力會有耗盡的時候。對魔族而言……呼吸怎麼可能會停下呢？

現在，對歐文來說最大的難點，是在一個合適的時機不再輸出魔法。

如果停得太早的話，或許他會因為魔力太弱被判不合格而失去入學資格；不停下來一直把水晶球撐爆為止，雖然可以保證一定能合格，還能出一把風頭，但是……

歐文想起出門之前，爸爸反覆叮囑他不要隨便耍帥，為了保證身分安全得盡量低調……老實說，他覺得這是爸爸這幾年來少有的智商上線的良心建議。

歐文暫時還不想太引人注目。

他努力從五個考官的神情中判斷自己目前的水準，然而這實在是個比想像中更加艱巨的任務——五個考官全都面無表情！根本看不出是什麼情況！

歐文的額角開始流汗，水晶球的光芒越來越亮了……

——差不多了？現在是合適的時候嗎？應該停止了嗎？話說這顆水晶球的容量是只能充滿為止嗎？還是說充滿才剛剛及格？

銀白色的光芒已經快要填滿整顆水晶球了，歐文咬了咬牙，在水晶球充滿前幾秒猛地收住手。

這幾分鐘的猜測和估算簡直太刺激了，神經從緊繃狀態突然鬆弛，歐文整個人如同虛脱一般癱軟下來，不停的喘氣。他這時才後知後覺的抬起手，擦了擦額頭上的汗。

考官們的臉上依然看不出什麼，在希勒里收起水晶球的時候，查德道：「對那邊的靶子放幾個魔法試試，或者別的不用瞄準的魔法也可以，只要你會的話。」

歐文揣測著他的意思，還有普通人類的水準……

——混蛋！我又沒見過幾個人類，怎麼知道他們的水準！

——早知道就提前試探一下其他魔法系的考生了！

最終，歐文決定採用比較穩妥的戰術，用最簡單的魔法來展示自己對魔法方向、力道的控制，用精準的程度來加分。

決定以後，歐文隨手用魔杖甩了幾個很基礎的冰錐出去，每一個都正好刺進靶子的紅心處，丟向稻草人的那幾個，則穩穩的扎進了頭部。

「可以了，你出去吧。」查德說。

「是。」

歐文最後看了一眼五個考官，依然無法從他們的神情中讀出什麼特別的意思，因此他也有些惴惴不安。

不過……說不定這正好是說明他的表現中規中矩？

歐文樂觀的想著，然後帶著一絲若有若無的不安，離開了考場。

在歐文離開後，整個考場在幾十秒裡都保持著可怕的沉默。

良久之後，查德才率先開口：「……上一個差點把水晶球炸掉的人，是去年入學的卡斯爾．約克森吧？」

「不，卡斯爾不是差一點，他確實把水晶球炸掉了。」漢娜回答道，「你們魔法的事情我不太懂，這孩子的魔力容量看起來很不錯，整體水準怎麼樣？」

「幸好他最後露出了痛苦的神情，否則我就要懷疑他是怪物了。」希勒里嚷嚷道，他似乎還沒有從震驚中恢復過來。

漢娜擰起眉頭，「有這麼誇張？去年卡斯爾不是直接把水晶球炸掉了嗎？他的魔力容量比剛才那個男孩要強吧……這樣說來，也不是不能做到，不是嗎？」

「但是卡斯爾炸掉水晶球以後，連放出一個火球的力氣都沒有了。剛剛那個男孩，放了好幾個冰錐，還有力氣從這個考場裡走出去！」一貫冷靜的查德，語氣裡也不自覺的帶上了激動的顫抖，「他很聰明，他怕我們在測完魔法容量以後還要考別的內容，所以故意留了一點魔力下來，不過留得不是很多，他也只能再放幾個冰錐了……」

希勒里接著查德的話往下說：「但他的頭腦還很清醒，在消耗大量魔力以後，他還能準確的控制魔法的走勢和力道！妳看看他刺在靶子上的冰錐！太完美了！這是必須要有極高的精神力和毅力才能做到的……」

漢娜似乎對於其他考官試圖證明歐文比卡斯爾要強感到不舒服，她嚴肅的推了推眼鏡，說道：「當初卡斯爾報考的是雙專業，他是在進行了物理系考試以後才開始魔法系考試的，在魔法考試開始前，就已經消耗了不少體力。這多少會影響他的判斷。」

「妳說得對，漢娜，卡斯爾是世界上絕無僅有的天才，我們不否認這一點。」查德贊同的說，他的聲音裡依然隱隱透著興奮，「但是妳也不能否認，我們恐怕發現了一個同樣驚人的魔法天才！剛才那個孩子，以後一定會很出眾……他、之前扔鐵餅的女孩和用劍的女孩，還有高年級幾個出眾的學生，再加上卡斯爾，如果我們能培養好他們的話，這幾個孩子將來說不定真的能夠殺掉魔王，統一整個大陸！」

查德的話一出口，所有考官都不由得感到一絲激動。

戰勝魔王、統一大陸……這不正是千百年來的勇者所追求的最終目標嗎？而且，這些學生的天賦……或許真的能做到也說不定。

於是，連一直漫不經心玩著手指的伊蒂絲也不由得露出一點興趣，她抬頭問道：「哦？這個孩子的元素親和力怎麼樣？綜合方面呢？」

希勒里捧著水晶球開始分析：「魔法容量之前已經說過了，在同齡人中很出眾……魔法的控制力也很不錯。不過……他是純粹的冰元素親和，似乎對其他元素都很不拿手。」

聽到「純粹冰元素親和」這句話，漢娜終於鬆了口氣。

「冰元素……對魔族的殺傷力可不大。對付魔族的話，還是卡斯爾的火元素更好。火天生就是魔族的天敵，他們生活在冰原帶，對高溫很不在行。」

「我還沒說完呢，漢娜。」希勒里道，「其實剛才那些，雖然厲害，但都還是在正常範圍以內的。真正令我和查德震驚的是另一件事——他剛才發冰錐的時候，沒有唸咒語！臥槽，這孩子竟然沒有唸咒語！沒有唸咒語啊！！！」

此話一出，連漢娜都沒有再說什麼。

雖然她是外行人，但也至少知道，初學魔法的學生都是要唸咒語的，只有在極度熟練以後才能在不唸咒語的情況下發出魔法，而這需要很多年、很多年的練習。即使是在冬波利，五年級以上的學生還有很多不能做到瞬發冰錐這樣的小魔法。

希勒里一臉悲傷的凝視遠方，沉痛的說道：「現在連九歲的小孩子都可以瞬發魔法了，像我這樣的老魔法師……活著到底還有什麼意思呢？」

「等等！這不對勁！」突然，漢娜似乎意識到了什麼，「純粹冰元素親和力、龐大的魔法容量、瞬發魔法……這些特徵，難道不是魔族嗎？！」

「……妳的神經也太緊張了吧，漢娜。」這一次開口替歐文說話的人竟然是伊蒂絲，「妳是說一個年幼的魔族專程跑到我們冬波利這種專門為對付魔族做準備的學校裡來？這也太想不開了吧？」

漢娜想了想，竟然無言以對。

沒錯，年紀這麼小的魔族跑到勇者學校來，難道是千里迢迢來給學生們練手嗎？即使是天賦再強的魔族，也不可能對付這樣整整一個學院的人的……沒有任何理由。

「我想我知道為什麼。」查德推了推眼鏡，「那個孩子是來自風刃地區吧？」

伊蒂絲慵懶的回答：「我想沒錯。他長得不錯，只可惜頭髮顏色太娘了……只有風刃地區的男孩頭髮顏色會這麼娘……唔，要是他長大願意染個髮的話……」

「夠了，伊蒂絲，我跟妳說過多少遍了，別把那些骯髒的主意打到學生身上去！」漢娜反感的說，「妳啃的草也嫩得太過分了！」

伊蒂絲聳聳肩，「我還什麼都沒說呢。」

查德沒有理會她們的爭執，繼續道：「金髮灰眼，這是風刃地區居民的特徵，嗯……他的資料上也這麼寫。大家都知道，風刃地區和艾斯接壤，有時候甚至會在和平帶跟魔族做生意。風刃地區的居民裡混了不少魔族的血統，那個男孩恐怕也是這樣。他的家裡或許有魔族的親人，剛才我翻了翻他的考卷……」

查德頓了頓，點頭道：「老實說他答得很好，所有的點都達到了，但是卻差點被取消資格。看筆跡……漢娜，這張試卷是妳批的吧？妳認為這個叫歐文的男孩對魔族的態度太過友善了，對他來說魔族的那些特徵簡直像是值得稱讚的優點一樣……他對魔族沒有敵意，或者可以說很友好。」

「我們不能收這樣的學生！當時沒有立刻將他篩掉是我太優柔寡斷了。」漢娜當機立斷說出自己的看法：「不管這個孩子多麼有潛力，只要他不能對魔族下狠手，就永遠不可能成為真正的勇者。這樣的孩子，我們教不了——」

希勒里有點著急，他擦了擦汗，說：「可、可是放棄的話……也太可惜了……」

漢娜深呼吸一口氣，讓自己冷靜下來。她扶了扶眼鏡，道：「我們有五位考官，就是為了這種意見難以達成一致的時候。來吧，投票吧。我反對他入學。尼爾森，你呢？」

尼爾森對魔法一竅不通，連基礎常識都弄不清楚，因此另外四個人討論的時候，他一直沒有發言，突然被漢娜點到名，他不由得漲紅了臉。從剛才的對話中，他已經充分瞭解到那是個極有天賦的男孩，可是卻很有可能帶有魔族的血統……

尼爾森極為糾結。

這個體積龐大的壯漢因為超出他能力範圍的思考而汗如雨下，最終，他還是覺得魔族的血統超出了他能接受的範圍。

「我、我反對。」尼爾森道。

「我同意。想想我們的校訓，不放棄任何一種潛能。」查德毫不猶豫的說，「那個孩子只不過是有魔族的血統而已，又不是真正的魔族。從出生就帶有魔族血統又不是他能選擇的，況且從他的外貌看，恐怕主要還是風刃地區的人，即使有魔族血統也很稀薄……因為他自己不能決定的出身而否決他，冬波利不該是如此種族主義的學校。」

「我承認你說的是對的，可我從心理上不能接受。」漢娜考官說，「你呢，希勒里？」

希勒里似乎也極為掙扎。他是個瘦小、乾癟、留著鬍子的中年人，太多困難的抉擇使他臉上細細的皺紋們都擠在了一起。

「我、我同意。」最終，對魔法天才的惜才心理戰勝了對魔族的排斥，希勒里長長的吁出一口氣，做出決定。

「好了，現在是兩票對兩票，決定權在妳手裡，伊蒂絲。」漢娜總結道。

於是所有人都看向了僅剩的、沒有說出意見的考官。

伊蒂絲懶洋洋的靠在椅背上，一頭海藻般的美麗紅髮拖在腦後。

「真麻煩……」她抱怨道，「你們明明知道，我挑學生從來都只有長得好不好看這一個原則……那孩子的話……嘖，算了，頭髮顏色太娘染一下就好了……」

伊蒂絲半躺在椅子上伸了個懶腰。

「那麼，我同意。」

▶◇◀◎▶◇◀

從考場裡出來的時候，菲莉亞的魂魄還是從嘴裡吐出來的，以至於正在門口等待的羅格朗先生，被她失魂落魄的樣子嚇了一跳。

坦白來說，羅格朗先生和自己的兒女並不親密，因此平時和菲莉亞交流也是一種客氣疏遠的感覺，他一時不知該怎麼安慰她才好，稍微頓了頓才道：「……沒有關係的，菲莉亞，妳才九歲，這一次考不上的話，還有兩次可以考呢。」

「對、對不起，爸爸……」菲莉亞眼淚汪汪的將吐出來的魂吞了回去，然而她完全沒有被父親的話安慰到。

——馬丁哥哥就是三次都沒考上回家做麵包了……

——雖然哥哥做的麵包真、真的很好吃。QVQ

「妳完全不用向我道歉，菲莉亞，爸爸不會怪妳的。」羅格朗先生輕輕的拍了拍菲莉亞的肩膀，「走吧，我們回旅館。如果和今天流程一樣的話，明天一早就會有學生來通知有沒有通過了……」

羅格朗先生想了想，又補充道：「現在擔心也於事無補，妳盡力就好。」

父親說得有道理，她已經沒有辦法再把時間倒回考試前了。菲莉亞默默的眨了眨憋紅的眼睛，將快要掉出來的眼淚又收了回去。

羅格朗先生牽起她的手，準備往旅館的方向走。

「等、等等！」忽然，菲莉亞用力拉住了他。

「怎麼了嗎？」羅格朗先生被菲莉亞拉住他的力量抓得有些疼，於是皺了皺眉頭，低頭看向自己女兒，卻發現她正望著考場的出口怔怔的出神。

然而沒多久，菲莉亞的神情又黯淡下來，小聲的說道：「對、對不起，沒什麼……我們走吧，爸爸。」

——天使人那麼好，沒道理考不上的……果然，以後都不會再見面了吧。

菲莉亞的情緒不知不覺陷入了自我厭惡之中，她低下頭，拉著父親走了。

羅格朗先生看著她莫名失落的樣子，覺得肯定有哪裡不對勁。但是最終，他什麼都沒有說出口。

萬萬沒有想到，她第二輪考試也過了。

菲莉亞在拿到冬波利學生遞過來的第三輪考試通知書的時候，手簡直抖得停不下來。

——哥哥，我可能把一生的運氣都在這一場考試裡用完了。_(:3)∠)_

——話、話說，這真的不是做夢嗎？

「第三場考試將在三天後的上午九點鐘開始，請提前半個小時到學院大廳集合。」遞通知的學生語調很是公事公辦，「第三場考試是模擬冒險，學校會統一發放一些乾糧、指南針和睡袋這類的物資，但這兩天妳也可以自己買一些東西攜帶，學校並沒有限制。」

「請問，那個……」儘管菲莉亞已經被巨大的驚喜沖昏頭腦，可還是抓住了「睡袋」這樣的關鍵字，「這一場考試，是要在考場裡過夜嗎？」

對方不耐的點了點頭，道：「沒錯。具體的規則和過程，考試前會詳細告訴你們，到時候你們就知道了。」

「哦、哦……」

菲莉亞也不敢多問，只好乖乖的把對方送走了。

對方一走，菲莉亞就飛奔回樓上，將這個驚人的好消息告訴父親。羅格朗先生象徵性的鼓勵了她，然後菲莉亞又跑回自己房間。

那個學生的意思應該是暗示他們自己也要帶一些東西比較好吧？那要趕緊準備才行。

菲莉亞想了想，那人的話裡好像沒有提到會發武器，那麼武器大概要自己帶。

——武器……武器……

菲莉亞將自己最大的行李箱從床底下拖了出來，然後小心翼翼打開。然而，箱子剛一打開，菲莉亞就僵住了。

她、她的鐵餅呢？！

▶◇◀◎▶◇◀

此時，距離冬波利幾十公里遠的王城中——

洛蒂：「……你怎麼又偷偷收集菲莉亞的東西了？話說這鐵餅你是怎麼偷出來的？！」

臉紅的索恩：「要、要妳管！」

第四章

遠程戰士・鐵餅女孩

在菲莉亞發現自己丟了鐵餅的時候，歐文也正好接到了第三場考試的通知。跟第一場考試的勝券在握不同，拿到通知時，歐文也有種鬆了口氣的感覺，但沒過多久又憂心忡忡。

——看來那天的魔法表演應該是到合格標準了……只是不知道有沒有過頭？

儘管心裡這麼想，但歐文臉上並沒有把自己的情緒表現出來，他顯得自信而輕鬆，隨意的掃了掃通知單，笑著道：「模擬冒險是嗎？我知道了，謝謝妳。」

傳通知給歐文的是個魔法系三年級的女學生，他們今年開學後就要正式進入精靈之森冒險，遞消息給考生算是「暑假兼職」。

歐文笑起來眼睛彎彎的，看起來很友好親切，女學生被這個笑容閃了一下，不由得在心裡感慨：這一屆的學弟長得真可愛，潛力股，可惜髮色有點娘啊。

「詳細的考試情況，考試當天考官會親自說明。記得要準時到場，為了防止你們忘記，通知單上也寫有時間地點。」覺得這個學弟還不錯的學姐忍不住多叮囑了幾句：「雖然只是模擬冒險，而且會有高年級的學長跟著你們，但還是有一定的危險性，最好準備充分一些。學校會發的東西通知單上也有寫，你再帶些你想要的就可以了。」

歐文乖巧的點頭，「好的，我明白了。」

學姐又感覺有一點被萌到了，趕緊捂著胸口看了兩眼歐文的頭髮清醒一下，最後戀戀不捨的說：「那我走了，你還有什麼問題的話，千萬不要不好意思問。」

「謝謝，我沒什麼問題了。」歐文眨著眼睛回答。

「哦、哦……」

▶◇◀◎▶◇◀

畢竟只是圍繞著學校搭建起來的小鎮，冬波利的規模只有幾間店鋪和幾百名居民這種程度。在第三輪考試的通知下達後，冬波利的商鋪們一下子就熱鬧了起來，沒有被刷掉的考生們紛紛採集各種可能用到的東西。

或許很多人在來冬波利之前，就準備得十分充足了。但在考試前幾天，所有人都會覺得自己還差了最後一樣東西，而這樣東西說不定就在下一家店鋪裡。

菲莉亞此時也正在冬波利的集市裡，她焦急的搜尋著武器店。

她極需要買一塊新的鐵餅。

因為不敢告訴父親自己竟然不小心把作為勇者來說最重要的武器弄丟了，菲莉亞在父親問需不需要他陪同一起採買用品的時候，用「上學以後要盡量獨立」這個十分得體的理由義正詞嚴的拒絕了他，然後自己跑了出來。

現在，菲莉亞卻對著人來人往的集市感到迷茫無措。不止是小孩，穿梭在各間商店中的也有不少成年人，大概是考生的家長、當地居民或者還有年長的學校學生，在這種情況下，九歲的菲莉亞即使拉長了脖子，看到的也都是晃動的人影，連方向都快要迷失了。

幸好，在她徹底迷失方向前，誤打誤撞的找到了武器店。

武器店老闆正在熱情的向幾個考生家長介紹自己店裡的武器，沒有注意到走進店門的小不點菲莉亞。這對菲莉亞來說是件好事，她並不擅長和人打交道，也不知道被店員熱情推銷的時候該怎麼拒絕。

她低著頭盡量削弱自己的存在感，然後匆匆跑去放鐵餅的地方。

鐵餅在勇者的武器中是冷門裡的冷門，許多武器店都乾脆放棄了鐵餅。在看到店裡有鐵餅的時候，菲莉亞稍微鬆了口氣。

儘管只有一塊鐵餅，而且這塊鐵餅上堆積著許多灰塵，似乎還有點舊……其實這倒也不算太奇怪的事，畢竟用鐵餅的勇者很少，有可能是店家進貨以後一直賣不出去，就被擱置在這裡了。

菲莉亞四處找找，並沒有發現鐵餅的標價。她看了看店裡的其他武器……價格幾乎都不便宜，但願這塊鐵餅能在她的承受範圍以內。

出來之前，羅格朗先生給了菲莉亞一些採購的錢，可他不會料到菲莉亞要買武器，因此給的並不算很多。菲莉亞自己又帶上了母親給的生活費中的一大部分，才敢出來。

她在原地徘徊了好一會兒，想等店裡的客人少一點以後，再單獨向老闆問價。但此時顯然是各間店鋪的高峰期，客人一批接一批湧入店中，絲毫沒有減少的意思。終於，菲莉亞等不下去了。

「那個，對、對不起。」菲莉亞小聲的試圖打斷老闆和其他客人的談話。

武器店老闆是個體格高大健壯的中年男人，他低下頭，居高臨下的看著菲莉亞，「怎麼了，小妹妹？」

儘管對方似乎並沒有惡意，菲莉亞還是覺得被比自己體型大幾倍的人盯著有點可怕，特別是武器店老闆臉上還有一條長疤。

「請、請問……」感覺到周圍的人目光都落在自己身上，菲莉亞更害怕了，「那、那邊那塊鐵餅，要多少錢？」

「鐵餅？」武器店老闆皺起眉頭，「妳的意思是妳想買那塊鐵餅？」

菲莉亞顫抖著點點頭，她總覺得自己又讓別人生氣了。

只聽武器店老闆說道：「那個並不是商品，那塊是我的鐵餅……我的意思是，那個是我的武器。」

「……」

尷尬。

菲莉亞的臉紅了起來。沒想到她想買的竟然是別的勇者的武器，這是很沒有禮貌的事，提出購買別的勇者的武器，某種意義上是一種挑釁，嚴重的話是會打起來的。

「對、對不……」菲莉亞連忙結結巴巴的道歉。

「沒有關係。」武器店老闆並沒有生氣，他低頭打量看上去十分瘦弱的菲莉亞，「妳是今年想考冬波利學院的考生，武器是鐵餅？」

不明白對方為什麼這麼問，但菲莉亞還是點點頭。

武器店老闆瞇了瞇眼睛，然後嘆了口氣，「那塊鐵餅其實送給妳也沒有關係，畢竟我已經很多年不用，而且大概再也不會用了……不過，我勸妳還是換一種武器吧。弓箭、劍、刀……主流一點的，哪一種都好。既然妳能抬得起鐵餅，我想重一點的劍扛起來也沒問題，以後當一個重劍士，畢業以後的出路會比扔鐵餅好得多。」

他稍微頓了頓，又補充道：「我以前也是從冬波利畢業的……這算是，畢業多年的前輩的建議吧。」

菲莉亞其實並沒有聽明白武器店老闆這一番語重心長的話，她還是個尚未入學的學生，畢業對她來說實在太遙遠了。不過，菲莉亞從老闆的語氣中隱隱感覺到他此刻十分惆悵，還有……悲傷。

菲莉亞搖了搖頭，說：「我、我用不慣別的武器……」

其實扔鐵餅並不是菲莉亞自己選擇的方向，這是羅格朗太太替她選的。

自從她把哥哥扔出去的那一天起，羅格朗太太就無時無刻不做著女兒成為傳奇大勇者的美夢。然而，菲莉亞的個性內向怯懦，坦白來說，她絕對是不適合當勇者的。另外，她喜歡甜食，性格溫柔，應該比哥哥馬丁更適合繼承那間開和不開都無所謂的麵包店，但由於母親對兄妹倆寄予的厚望，馬丁和菲莉亞都不得不從小學習如何當一個勇者。

武器店老闆說得沒錯，菲莉亞試過舉起巨劍，對她來說很輕鬆，可是成為重劍士就注定要在一個勇者的團隊中擔當守護同伴的任務，要站在離對手最近的位置，用手上的鐵劍和血肉之軀守護相對孱弱的魔法師和弓箭手……

這種事情，菲莉亞做不到的，她連上前和別人打招呼都需要調動全身的勇氣，怎麼可能在那樣重要的位置去對抗敵人呢？

菲莉亞有自知之明，從本質上講，她是個很膽怯的人。

羅格朗太太也是知道這一點，才會最終讓女兒選擇了可以從遠端攻擊的鐵餅。

武器店老闆卻溫柔的摸了摸菲莉亞的頭。

「妳跟當年的我真像……」都是對鐵餅有執著精神的人。

本來對自己的軟弱感到羞愧的菲莉亞，吃驚的抬頭想著：老闆你也是因為膽子小才選遠攻武器的？

「但是現實太殘酷了。從勇者學校畢業以後，儘管我成績不錯，卻一直找不到願意讓我加入的勇者小隊……」老闆又嘆了口氣，蹲下身和菲莉亞說話，「他們害怕我的鐵餅在扔的時候砸到前鋒劍士和刀士的頭。我只好當了很長時間的獨行俠，但收入依然無法讓我為生，最後只好回到冬波利這裡，開了這家武器店。」

說起過去的時候，老闆的臉上露出懷念的神色來。

周圍的顧客早就自顧自的看了起來，沒人注意老闆在和一個小女孩聊天。

菲莉亞並不明白武器店老闆為什麼要和她說這些，可是她能夠感覺到對方話裡的悲傷和難過。

老闆說：「這麼輕易就放棄了，果然我的意志還是很脆弱吧？」

「不、不會……」菲莉亞手忙腳亂的安慰他，由於緊張，話也說得結結巴巴，「我、我覺得老闆你已經很厲害了，我長大以後，只要能夠有老闆你一半堅強的話，就會覺得非常高興了……我、我很想變得像你這麼強大……」

菲莉亞的讚美是由衷的。在她看來，武器店老闆高大、強壯，完全看不出當年是因為害怕而選擇了鐵餅這樣的武器。而且，他還選擇了開店這種每天都需要和人交際的工作，根本就是完全克服了心理障礙，實在很了不起。

菲莉亞希望自己有一天也可以變成這樣。

老闆表面上還維持著平靜，可內心十分感動。

「那塊鐵餅，我送給妳吧。」

「那、那怎麼行！」菲莉亞驚呆了，「這、這是很重要的東西吧？」

按照羅格朗太太的考題，對於勇者來說，陪伴他多年的武器有可能是比生命更重要的東西，和勇者有著如同夥伴一樣的感情。

老闆見菲莉亞如此看重鐵餅，更加覺得這是個好孩子，他說：「但是對武器來說，擁有一個善於使用它的主人才是最幸福的。我已經不會再扔鐵餅了，可妳還有希望……或許等妳長大，這個世界就會對鐵餅寬容一些了……」

最終，菲莉亞還是不能接受老闆的饋贈，於是在拿了鐵餅後，偷偷往老闆的桌子上放了一些錢。她自己也很窮，所以捨不得塞很多，大概還是比鐵餅本身的價值要少，菲莉亞對此很是愧疚。

在回到旅店後發現這是一塊極好的鐵餅，她心裡更愧疚了。

──以後要慢慢存錢再補上差價還給老闆。

菲莉亞在心裡暗暗決定。

不過，這塊鐵餅好像比她以前用的要重？

菲莉亞有點疑惑，但最後還是認為是自己多心了。

她從小到大的鐵餅一直沒有換過，最初又是母親買的，所以菲莉亞並不知道鐵餅分男女款，武器店老闆一激動也忘了這件事，還忘了告訴菲莉亞這塊鐵餅是他當年為了追求攻擊力而特別加重加厚過的……

悲傷的故事。

▶◇◀◎▶◇◀

三天時光轉瞬即逝，解決武器的問題後，菲莉亞又在集市上購買了額外的水、食物，還有其他作為勇者裝備的必需品。

終於，第三場考試的日子到來了。

相比第二場考試時的人群，今天到來的考生人數似乎少了不少，但剩下的人看起來比上一輪的考生更自信、更強大。菲莉亞怯生生的混在人群中間，四處張望著。

和上回一樣，考官還沒有到來，周圍的考生都三三兩兩聚在一起說話，看起來很熱鬧。但沒有人和格格不入的菲莉亞搭話，她也沒有勇氣主動去搭訕其他人，只能低著頭灰溜溜的站在旁邊，帶著某種期待的時不時到處看看。

——歐、歐文……還沒有到嗎？

不知道為什麼，菲莉亞有莫名的信心認為歐文肯定可以通過第二輪考試，可是哪裡都沒有找到他的身影後，菲莉亞覺得心裡空落落的，有種奇怪的失落感。

歐文是在冬波利第一個懷抱著友善的態度和她搭話的考生，他對她家鄉的讚美也讓菲莉亞對這個人的好感激增。在四周沒有一個認識的人的情況下，她下意識就希望可以再碰到似乎願意和她說話的歐文。

——果、果然不會再有像上次那樣的好運了嗎？

菲莉亞有點難過，但她知道自己一向運氣不好，一生的運氣大概都用在通過第一、二次考試上了，所以歐文並不是沒有來，只是她再也沒有碰到天使的幸運罷了。

然而，正當她失望的準備放棄的時候，眼角的餘光裡忽然晃過一絲金色。

菲莉亞飛快的轉頭，眼睛一下子亮了起來。

歐文今天看起來和上次不一樣，上回他穿得很隨意，只是手邊拿著的魔杖宣告著他魔法系考生的身分。這次，他穿著一件正經的黑色魔法袍，熨燙整齊的平整黑色從頭遮到腳，嚴肅體面許多，彷彿是個真正的魔法師的縮影。

菲莉亞下意識的想要張嘴呼喚，可下一秒，聲音卻彷彿被空氣堵住一般卡在了嗓子裡。

歐文並不是一個人來的，他和兩個男孩聚在一起。歐文笑得很開心，笑容亮晶晶的和太陽一樣，一看就知道聊得十分愉快。

菲莉亞的肩膀一下子鬆垮下來。

——啊……也、也對。像歐文那樣友好的人肯定很受歡迎的。大家都會願意和他說話，願意成為他的朋友……

菲莉亞低下頭，小心翼翼的退了兩步。他們好像都很開心的樣子，她不要過去掃興打擾比較好吧……

——並不是這樣的！

歐文此時的內心是崩潰的。

和他說話的兩個男孩似乎都出生於人類社會的名門望族，他們的父親都曾經是出眾的勇者。此時，他們正在互相攀比。

「三年前，我的父親殺掉了魔族裡首屈一指的大將軍。」一個男孩得意道，「用寶劍，把他的頭顱砍了下來！進獻給了國王陛下！」

歐文的臉色發白，他知道那個將軍，是熱愛魔法的魔族中相當稀少的用劍的戰士。小時候，大魔王為了鍛鍊他的身體，還讓那位將軍教過他劍術，然而一整套劍術還沒有教完，將軍就在戰場上被殺了。

相較於其他魔族而言，那位將軍的手相當粗糙。但是，他會用那雙粗糙的手揉歐文的頭髮，誇讚他打得歪歪扭扭的劍法。

「那、那算什麼！」另一個男孩雖然有點結巴，卻努力保持著不屑的語氣道：「我的舅舅是有名的大魔法師，他幾年前也幹掉一個魔族的祭司！我忘了叫什麼了……但、但聽說在魔族裡的地位是很高的！」

歐文也知道他說的是誰。

那個人其實並不是祭司，而是魔族神殿的聖子。魔族信奉的是夜、幽靈與魔法的女神赫卡忒，聖子是獻給女神的禮物，終其一生都必須要保持處男之身，虔誠的修習最純潔、最純粹的魔法，直到投入女神的懷抱。

說實話，奉獻聖子這種無聊的習俗早八百年前就被廢除了，神殿也不過是可有可無的裝飾品。這一任聖子是自願成為聖子的，跑去當聖子只是為了在神殿裡更安靜的參悟魔法。

從某種程度上來說，他還是歐文的親戚。上一任大魔王有許多母親不明的孩子，聖子也是其中之一，算輩分，是歐文的叔叔。

不過，這個叔叔死的時候歐文還很小，並沒有什麼印象，只是隱隱記得那一陣子整個國家都籠罩在陰霾之中。聖子在魔族的心中地位極高，並不是因為他是什麼聖子，而是因為他是非常優秀的魔法師、出眾的魔法理論家，他鑽研的是魔法的核心和精髓，而不是攻擊的技巧。某種意義上，他甚至並不擅長戰鬥。

歐文原本以為被嘲笑髮色就是他在海波里恩遇到的最鬱悶的事了，但現在，他的拳頭死死的攥著，微笑的背面是緊緊咬住的牙關。

這個地方的人，把謀殺他的族人當作是榮耀。

對他來說，這裡很可怕。

但他能做什麼？舉起魔杖把眼前這兩個人類的男孩殺掉嗎？

他做不到，也不能這麼做。

他能做的只有轉移話題，將剛才猛地從胸腔內部升起的仇恨壓回去，然後裝作什麼也沒有發生，像一個正常的人類那樣。

歐文扭動著脖子，在周圍尋找可以轉移話題的契機，在這時，他看到了菲莉亞。

「菲莉亞——這裡！這裡！」歐文朝菲莉亞揮手，一下子就打斷了兩個快要爭吵起來的男孩的話，表情看起來完全是見到好友的興奮和喜悅。

聽到歐文的聲音，菲莉亞受寵若驚，她一抬頭就看見似乎對見到自己極為驚喜的歐文。但是，在高興之餘，菲莉亞竟然下意識的又後退了一步。

為什麼……在剛剛一瞬間看到歐文的時候，她覺得有點可怕？

不過，菲莉亞很快就打消了那一點不和諧的念頭。歐文和之前完全一模一樣啊，笑容又開朗又友好，這樣的歐文，怎麼可能可怕呢？一定是她剛才看錯了……

「歐、歐文！」菲莉亞連忙跑過去，臉上不自覺的帶了笑。

見到有女孩子跑過來，另外兩個男孩也無心互相攀比了，將注意力集中到菲莉亞身上。

菲莉亞因為被歐文叫住，又跑了幾步，臉頰有點紅，恰好改善了她的膚色，看起來健康可愛。

「妳是歐文的朋友嗎？」其中一個男孩說道：「我們也是考生。我叫迪恩．尼森，他是奧利弗。」

「奧利弗．杜恩。」另一個男孩瞪了他一眼，堅決鄙視這種故意省略姓氏的行為。

兩個人都故意把重音咬在姓氏上，顯然是在等菲莉亞露出恍然大悟及羨慕憧憬的神情。很可惜，這並沒有什麼用。

菲莉亞這種連卡斯爾．約克森都不知道的傢伙，對王國之心的名門望族當然一無所知，她以為這只是一個普通的自我介紹。

「我、我是菲莉亞．羅格朗。」她對兩個陌生人不太流暢的說道。

迪恩和奧利弗都使勁盯著菲莉亞看，試圖從她的目光中找到崇拜之情。

「怎、怎麼了嗎？」菲莉亞下意識的縮縮脖子，有點畏懼對方打量的眼神。

「那個……」

──難道妳沒有覺得我們兩個的姓氏特別帥氣嗎？難道妳沒有忽然發現我們自帶聖光並且突然很想嫁給我們嗎？

──咦，這個時候我是不是應該說「女人妳成功的引起了我的注意」？

迪恩覺得十分疑惑，但他的話沒有機會再問出口了。

「安靜，請大家安靜下來。」中年女人的聲音以一種古怪的方式在整個大廳裡響起，洪亮得不可思議，「接下來，我要說明第三場考試的規則。我只說一遍，請你們仔細聽好。」

菲莉亞和所有人一樣，都朝中年女人的方向看了過去。她發現這是第二場考試時坐在中間的那個看起來十分嚴肅的女考官。

漢娜考官扶了扶眼鏡，面無表情道：「首先，這次考試以團隊方式進行，你們每個人都要加入一個團隊。每個團隊的成員數必須在四人到七人之間，並且至少有一名魔法師、一名近戰士及一名遠程戰士。組隊完成以後，會有一名高年級學生帶領你們進入學院森林，在森林入口處你們會領到學校發給你們的物資。你們的目標是按照物資中的地圖，找到打開終點大門的鑰匙，然後通過終點，在明天夜幕降臨前抵達的學生，就算通過考試。」

她稍微停頓了幾秒，才道：「現在，開始組隊！」

「這一場考的是團隊意識。你們知道，勇者都是團隊合作的，獨行俠只有極少數。」迪恩聳聳肩，一副對考試模式一清二楚的樣子。

奧利弗又鄙視的瞪他一眼，道：「不用你說，我當然知道！」

迪恩沒搭理他，看向歐文和菲莉亞，問：「怎麼樣，我們四個組一團吧？我是劍士，奧利弗是重劍士。」

他們的武器都放在身邊，不用說，一眼就能看出來。

歐文也舉舉他的破魔杖，道：「我是魔法師。」

他們都自報家門完了，菲莉亞知道她也應該說出來，可是不知道為什麼，一張嘴，就覺得放在背包裡的鐵餅變得格外沉重起來……

——還、還是說不出口……

——扔鐵餅什麼的，果然很奇怪吧……

「我是……遠程戰士。」菲莉亞漲紅了臉，用很輕的聲音說了個模稜兩可的詞彙。

「誒？弓箭手嗎？」迪恩有點驚訝的說道，「哈哈哈，想不到我們運氣這麼好，這下就不用再找別人了，我們現在就去拿物資吧！」

「不，那個……」我不是弓箭手……QAQ

然而，沒有人再聽菲莉亞說話，剛才還在吵架的迪恩和奧利弗已經勾肩搭背往考官說的地方走去了。

歐文轉頭對她輕輕一笑，道：「我們也走吧。」

「……好。」菲莉亞又被天使的微笑閃了一下，呆呆的跟著走了。

▶◇◀◎▶◇◀

聽到他們四個要組成一隊，漢娜考官輕輕一推眼鏡，鏡片閃過一道銀光。

「嗯。」她冷淡道，手指著門旁邊，「一人拿一個背包。還有，伊萊，你跟著他們。」

考官身後坐了許多看上去像是高年級學生的人，她說的伊萊就是其中一個，是個褐色頭髮、藍眼睛，臉上長著許多小雀斑的男孩。

「好的，漢娜老師。」被點名的學生站起來，有禮貌的向漢娜考官鞠了個躬，然後才看向被分配給他的菲莉亞、歐文四人組，「你們跟我來。接下來兩天，我會一直跟著你們，我們彼此相互關照吧。」

菲莉亞也連忙向對方低頭打招呼。

伊萊很自然的走到他們四人前頭，替他們打開門。

原來大廳的後面就是森林。

伊萊走進去，四人也魚貫而入。菲莉亞很緊張，心都快要跳出來了。

「這裡是學院森林，比起世界上的其他森林，規模大概算是很小的吧……不過主要是學生進來試煉和學習，所以這種程度也夠用了。這裡的野獸都是學校裡的老師特意養的，根據不同年級學生的程度劃分成不同的區域，因此不會出現太危險的動物，你們可以放心。」伊萊一邊領路，一邊向他們介紹這裡的環境。

菲莉亞每一個字都仔細的聽著，但還是不由自主的覺得害怕。

或許是因為他們是第一組進入森林的組合，周圍除了他們以外沒有一點人聲，靜悄悄的到了頗為詭異的地步。

歐文就走在她旁邊，菲莉亞偷偷瞥了他一眼，發現對方依舊是一副溫和的表情，沒有任何異狀。

奧利弗將重劍扛在肩上，詢問道：「學長，你是幾年級的學生？」

「我？我是六年級的學生，馬上就要畢業了。」

迪恩眼前一亮，兩腿一邁，幾步跑到伊萊前面，興奮的問道：「那麼，你對學校裡的學習安排一定已經很瞭解了吧？我哥哥跟我說到時候我們會有真正的森林冒險，還有校外實習和學院競賽！這些都是怎麼回事？」

「唔……」伊萊看起來有點為難，但他還是回答了：「這些解釋起來有點複雜，到時候你們就會知道的。前兩年你們都會在學校裡接受學習，三年級的時候學校會安排你們去精靈之森冒險，學院競賽主要是和王城的幾所學校，那應該是五年級的時候。」

「太棒了，精靈之森！」迪恩和奧利弗兩人默契的驚呼。

「啊，是啊，那是個很漂亮的地方，我去之前也很期待的。」伊萊看著他們兩人激動的樣子，無奈的苦笑起來，「只可惜後來的幾個月過得沒有想像中愉快。」

然而迪恩和奧利弗都沒有注意聽伊萊的弦外之音，他們已經開始興奮的討論起來。

這時，歐文開口了：「學長，這個叉是說明鑰匙在這附近，而星號是終點，是嗎？」

他不知什麼時候已經從學校發的背包裡掏出一張地圖，正眯著眼睛一邊看上面的路線，一邊對應指南針。

「沒錯。不過你們得自己找到位置，從第一個岔路開始，我就不會帶著你們走了，你們要有一個領隊。」伊萊坦然的點點頭，「還有，我只負責你們的安全，以及記錄你們在冒險中的表現作為考評參考。我不會在你們沒有生命危險的情況下對你們提供任何幫助的。」

很合理的安排。

歐文理解的點點頭。

——歐文……好可靠。

看到歐文的行為，菲莉亞才恍然大悟要檢查背包裡的東西——她的腦子從進入森林……不，從看到歐文起就一直懵然。

菲莉亞打開背包：一瓶水、幾塊乾麵包、和歐文一樣的指南針與地圖，占據空間最大的是一個睡袋。

除此之外，就沒有別的東西了。

最初的幾個小時，四個人還有說有笑的——迪恩和奧利弗說，歐文點頭微笑——但太陽升到正當空的時候，迪恩和奧利弗都漸漸說不動話了。森林的很多地方根本沒有路，只好由他們自己開出來，這種事很耗費體力，而且容易讓人煩躁。

「今天天氣真熱。」迪恩吐著舌頭，勉強的問道：「話說……你們都不熱嗎？」目前是九月份，雖說盛夏已經過去，可正午的陽光仍十分強烈，讓樹木的枝葉無法擋住它強烈的攻勢。

奧利弗瞪了他一眼，「我已經快要熱成狗了。」

「你好，熱狗。」

「滾！」

歐文其實十分難受，他從小生活在嚴寒的艾斯，一個冰的國家。對於冰來說，沒什麼比灼熱的太陽更令人討厭了。從剛才開始，他就一直偷偷用魔杖變出冰塊，握在手心裡，讓自己稍微好受些。他不希望自己表現得比普通人類更怕熱，免得被看破身分。

伊萊也擦了把汗，道：「這種程度還算可以，三年級那一整年的森林冒險，會教會你們什麼是真正的勇者。」

五個人裡唯一一個一點感覺都沒有的人，恐怕只有菲莉亞了。她生活在熱帶的南淖灣，那是幾乎沒有冬天的地方，冬波利九月的太陽對她來講簡直是玩鬧。另外，她雖然揹了學校發的物資，自己的行李中還有一塊特別重的男款鐵餅，可如果問她這樣的重量和一片羽毛有什麼區別的話，菲莉亞也答不出來。

——能有什麼區別呢？不是都很輕嗎？

想了想，菲莉亞覺得自己作為團隊中最沒用的一員，應該盡可能在力所能及的地方提供幫助，於是她對迪恩和奧利弗說：「那個……你們可以把背包給我，我來替你們揹吧，我還拿得動。」

「……啥？」迪恩的表情頓時見了鬼了。

伊萊和歐文也忍不住側目。

「我、我說我可以幫忙揹。」菲莉亞被所有人盯著看，覺得有點不習慣，「那、那個，很抱歉，我只能幫上這麼點忙。學長，還有歐、歐文，你們不介意的話，我也……」

歐文剛來海波里恩不久，不太確定人類是否有在冒險的時候讓女勇者揹背包的習俗，於是立刻看向迪恩和奧利弗，決定靜觀其變。

另外兩個人的眼珠子都快滾到地上了。他們最初都以為菲莉亞只是逞強隨便說說而已，可是仔細看了看菲莉亞，才發現對方是真的覺得負重走這些路沒什麼大不了的——別說疲憊了，她根本連汗都沒流！

迪恩受到了巨大的刺激。

個子比他矮、體型比他瘦的女弓箭手，體力居然比他好！

女重劍士就算了，菲莉亞偏偏是女弓箭手！

「不！不用！」他堅決的拒絕，「我完全不需要別人幫我揹背包，區區這點重量，我就算再揹二十公斤也沒有問題！我可是大勇者的兒子！」

「真、真的嗎？」菲莉亞沒有惡意的問道，「可是你的腿……」正在發抖。

「這是家族病！我們家的人都會因為挑戰的興奮而戰慄！」迪恩一臉堅毅篤定的說道。

「哦……」

接下來，伊萊、奧利弗、歐文當然也都拒絕了她。菲莉亞有點失望，她難得覺得自己有派上用場的地方，卻被拒絕了。

女孩子都沒有叫累，四個男孩都默默的閉了嘴，埋頭苦走。

很快他們遇到了一些試圖攻擊他們的野獸，不過正如伊萊所說，是憑考生的能力也足以對付的。近戰士的迪恩和奧利弗撲上去，幾下就解決了牠們，菲莉亞甚至來不及拿出鐵餅。

終於，夜晚降臨了。

迪恩展示出了他身為大勇者之子的實力，熟練的在空地上點起一把火，五個人都掏出睡袋，圍成一個圈準備睡覺。

事實上，迪恩是他們最終選出來的領隊。

菲莉亞自知沒有領導天賦，歐文並不準備出風頭，奧利弗比腕力輸了。

總之，領隊清了清嗓子，下達睡前命令：「今晚我們輪流守夜。歐文負責前半夜，我是午夜，迪恩負責後半夜……」

「那個，我呢？」菲莉亞發現自己被忽視了，不安的問道。

迪恩道：「怎麼能讓女孩子守夜？我們三個來就……什麼聲音？！」

空地邊的樹林傳來沙沙聲。

所有人都下意識的做出警戒的姿態，拿緊武器。菲莉亞的手也握上了鐵餅，隨時都可以掏出來扔。

「天吶！終於碰到人了！你們看，我就說這裡有火光！」

灌木搖晃了半天，跑出來的卻不是野獸，而是一個看起來十分狼狽的女孩。

不，不止一個。不一會兒，另外六個女孩以及一個負責保護她們的高年級學姐，也從灌木叢中跌跌撞撞的爬了出來。

為首的女孩手裡握著魔杖，頭髮上掛滿了樹葉，但紅著臉，有點尷尬的走近圍著火堆的迪恩一行人，客氣的詢問道：「那個……我們沒有找到合適的地方露營，今天晚上，能不能和你們待在一起？」

「當、當然！」迪恩結巴道，「妳們睡在周圍就好，我們會負責守夜的。」

「真的可以嗎？謝謝！」女孩立刻高興起來，兩眼發亮的對迪恩表示感謝，然後回頭對其他人道：「妳們聽見了吧？我們今晚就睡在這裡吧！」

別的女孩頓時發出歡呼。顯然，這對她們來講也是十分波折的一天，女孩們的頭髮都亂蓬蓬的了。

原本生了火的五個人則挪了挪睡袋，好給新來的女孩們騰出位置。

菲莉亞將睡袋又拖得離歐文近了一些，歐文對她友好的笑笑，除此之外並無別的反應。不過，這足夠讓菲莉亞受寵若驚了。

一個沒見過的女孩很自然的將自己的睡袋擺在菲莉亞旁邊。

「你們找到所謂的終點大門的鑰匙了嗎？」女孩問道。

菲莉亞沒料到自己會被搭話，因為緊張舌頭又不俐落了：「沒、沒有。」

「是嗎……說起來，是不是每張地圖上的鑰匙位置都不一樣啊？」

菲莉亞這才想起，他們小組並沒有核對過彼此的地圖，因此她也不是很清楚鑰匙的位置到底一樣不一樣。

「我、我不知道。」菲莉亞老實的說道。

「妳也不知道啊，好吧。」女孩聳聳肩，鑽進睡袋裡，不再搭理菲莉亞，和睡在她另一側的同組少女聊天去了。

菲莉亞也乖乖躲進睡袋。

頭一天在外露宿，她原本以為自己會很緊張，畢竟這裡是陰冷又可怕的森林……不過，事實上出乎意料的安心，大概是因為周圍有很多同伴吧。

▶◇◀◎▶◇◀

一夜過去。

第二天最重要的任務就是尋找鑰匙，然後抵達終點。所有人都醒來之後，他們便一起核對了地圖。果然，每個人的「鑰匙」位置都不一樣。

全是女孩子的隊伍很快就告辭了，儘管有互通過姓名，可菲莉亞實在無法一下子記住那麼多人名，只記住了為首的女孩子叫「麗莎」。

在女孩們走後，菲莉亞的小組內也開始商量，由於時間緊迫，他們並沒有討論太久。最後的結論是不能因為鑰匙位置不同而分開，單獨行動太危險了，伊萊也不可能跟著他們所有人各自行動。目前時間還充足，他們可以一把一把的找鑰匙，再一起去終點。

因為菲莉亞在團隊中實在沒有做出什麼貢獻來，因此她在找鑰匙的時候特別努力，希望能夠幫上一點忙。

藏鑰匙的地點都很奇怪，比如一把掛在樹上、一把藏在樹洞裡，還有一把是從土裡刨出來的。

「這樣就只差一把鑰匙了！」迪恩作為隊長，收集了全隊所有人的地圖，並且排出一個合理的找鑰匙次序，「按照這個狀態的話，時間綽綽有餘！哈哈哈，我們不會是第一隊成功抵達的吧？」

迪恩說著說著就有點得意，他期待的看向伊萊，問道：「學長，你給我們的評價應該還不錯吧？可不可以透露一點？」

伊萊摸了摸下巴，「唔……當然是不行的。」

「應該就在這附近！」

很快的，迪恩確定了最後一把鑰匙的位置，提醒道：「大家分頭找，但不要分散，以防有野獸偷襲。我們開始吧！」

菲莉亞連忙四處尋找起來，先掏樹洞，然後查看樹枝。

歐文則用魔杖四處戳來戳去，完全不愛惜自己的武器。

「嘖，到底在哪裡呢……」迪恩忍不住嘀咕。

奧利弗無時無刻不放過任何一個可以損迪恩的機會，道：「反正我們只差最後一把鑰匙了，如果到時候找不到的話，隊長你就有點獻身精神，明年再來考吧。」

迪恩立刻就想說幾句話堵回去，但這時，不遠處傳來一聲女孩子的尖叫。

還有點耳熟。

菲莉亞從地上站起來，道：「剛剛，剛剛那個，是不是……麗莎？」

「什麼！」迪恩也跳起來，「我去看看！」

「等等我，我也去！歐文，你照顧一下菲莉亞！」奧利弗追著迪恩奔了過去。

「等——！」

還沒等菲莉亞的話說完，那兩個人已經不見了。她只好默默的把「不如大家一起去吧」這句話嚥回肚子裡。

伊萊皺了皺眉頭，他只不過是個六年級的學生，遇到緊急狀況也一時有點懵。他的視線在菲莉亞、歐文和迪恩他們離開的方向中徘徊了一下，最終覺得還是迪恩那邊更緊急。這幾天他觀察下來，歐文是個很冷靜的孩子，菲莉亞雖然個性軟弱，體能卻很驚人……

「你們留在這裡，不要亂動，我也去看看。」最終，伊萊道。

於是，只剩下菲莉亞和歐文兩個人了。

歐文：「我們繼續找鑰匙吧？」

菲莉亞：「嗯、嗯……」

找鑰匙，找鑰匙，找鑰匙，找鑰匙……

——不行，找不下去了。QAQ

大家都在一起的時候還不覺得，畢竟有迪恩和奧利弗兩個人吵吵鬧鬧的，但她和歐文單獨在一起的時候，世界彷彿都安靜了下來。

——太、太詭異了。

「那、那個，歐文……」菲莉亞鼓起勇氣開口，試圖尋找一個話題，「我、我有一個哥哥。你呢？有別的兄弟姐妹嗎？」

歐文有點困惑菲莉亞為什麼會突然問他這樣的問題，但他還是老實回答了：「沒有。」

沉默。

菲莉亞感覺更緊張了，開口試圖延續話題：「我、我哥哥叫做馬丁，他也參加過勇者學校的考試，但、但是沒有通過……」

而且馬丁和菲莉亞不一樣，他幾乎是把王國之心境內所有的學校都考了一遍，但沒有被任何一所錄取。菲莉亞這才想起來，她出來前忘記問哥哥有沒有考過冬波利了……之前每次哥哥回家都沒有好消息，母親也就不想問他到底考了哪幾所，菲莉亞也怕揭哥哥傷疤，所以不敢問。

「媽媽說，哥哥以後會繼承家裡的麵包店……不過哥哥他很有天賦，肯定能做好吧。」

菲莉亞磕磕絆絆的說了關於馬丁的事。

歐文依然不明所以：「……哦。」

「……」

——QAQ 哥哥，氣氛好像變得尷尬了怎麼辦？

因為得到的回饋並不好，菲莉亞渾身上下的勇氣都被消耗完了，於是不敢繼續貿然找話題，只好硬著頭皮繼續找鑰匙。

這一把鑰匙好像特別擅長捉迷藏，怎麼也找不到。

歐文嘆了口氣，站了起來。菲莉亞對自己僅剩的同伴一舉一動都很關心，一看到他站起來，頓時有點緊張。

歐文問：「找不到可能放著鑰匙的地方……妳呢？」

菲莉亞也搖了搖頭。

歐文看了看天色，說：「休息一下吧，反正時間還充足，一個下午總能找到的。」

找了這麼久，菲莉亞倒是不怎麼累，不過腦子卻越來越糊塗，沒有辦法好好思考了，於是她也同意應該休息一下，倚著樹坐下。

歐文很自然的在她旁邊找了個位置，靠在樹幹上。

手上沒事做，菲莉亞又開始因為沉默的環境而坐立難安，她絞著手指開口道：「那、那個……迪恩他們，怎麼還沒有回來？」

歐文也皺了皺眉頭，他本來以為迪恩他們只是去看看情況，最多十分鐘也該回來了，可眼下至少已經過去半個小時。

「……不知道。」

「那我們要不要去找他們？」

「學長讓我們留在這裡不要亂動。」歐文想了想，道：「不過，如果再過十五分鐘他們不回來的話，我們就去找吧。」

菲莉亞點點頭表示同意。

他們坐了一會兒，忽然，頭上一片陰影籠罩，菲莉亞感覺到臉上有水滴。

「是不是下雨了？」菲莉亞擦了擦臉上的水，困惑的問道。

可是太陽光還很強烈啊。

她奇怪的抬起頭，想要找到一片可能正在落雨的雲，然後，卻對上了一張流著口水的巨大貓臉。

菲莉亞：「……」

貓：「……喵。」

「快跑！」還沒等菲莉亞放聲尖叫，歐文已經一把拉住她的手，帶著她狂奔起來。

「喵嗷——」大貓狂叫一聲，撒開四肢追著他們狂跑起來。

「那、那是什麼啊啊啊啊？！」菲莉亞邊跑邊叫，她感覺已經自己快被嚇得哭出來了。

——為什麼這隻黃底黑紋貓要追著他們跑……

——不，為什麼牠長得這麼大啊？QAQ

「我不知道！」歐文一邊回答，一邊回頭往後面砸冰錐，「但牠和我們之前遇到的野獸顯然不在同一個層次上！」

歐文的冰錐落在大花貓身上，如同雨點砸上石板路，根本沒有一點效果。

——該死！

歐文在心裡咒罵了一聲。

對付這隻貓恐怕需要更強力的咒語，可是即使他不需要像人類一樣吟唱咒語，積蓄一個大的魔法也是需要時間的。

他們之前也遇到過野獸，但只不過是尋常的狼群和狐狸之類的，即使是沒入學的考生靠團結合作也能應付得來。

——難道這個是終極考題？該死，偏偏是在隊友和學長都不在的時候……

歐文一邊想，一邊繼續飛快的用更大的冰錐砸牠，然而依舊沒有用。

忽然，菲莉亞帶著哭腔的聲音傳進了他的耳朵：「歐、歐文，前面有個大洞！」

歐文回頭當機立斷：「跳進去！」

他話音剛落，兩人也正好跑到洞前，越靠近，就越能發現這是一個比想像中更深的洞。

可是他們目前確實沒有別的選擇了，菲莉亞心一橫，縱身一躍，跳進洞裡。

第五章 冷嗎？我們抱在一起取暖吧

菲莉亞是閉著眼睛落地的，衝擊很猛烈，但她並沒有感受到想像中的痛苦，反而是歐文悶哼了一聲。

「嘶——」

「對、對不起！」菲莉亞手忙腳亂的從將她護住並且充當了人肉墊的歐文身上爬下來。

——真、真是個好人！QAQ

歐文重重的喘著氣，保護菲莉亞只是個下意識的舉動，他並沒有想太多。不過，因為這個沒經過考慮的舉動，他此刻渾身都痛。

尤其是腿，可能斷了。

「喵——喵嗷——」

那隻大貓還在外面徘徊，時不時探個頭伸個爪子什麼的，似乎在試圖把他們兩個扒拉出去，但這個對歐文和菲莉亞來說太大太深的洞，對這隻體型誇張的貓來說顯然還是太小了。

菲莉亞暫時鬆了口氣，看來這個洞對她和歐文來說暫時是安全的。

不過，牠在外面徘徊不走，他們也沒辦法上去。

菲莉亞看著歐文再次舉起魔杖，瞇起眼睛嘴皮不出聲的動了動，魔杖的尖端迸射出一道亮光，直直衝著大貓砸過去。

「喵嗷——」大貓慘叫一聲，但依然不肯走。

菲莉亞這才想到自己必須幫忙，之前情況太危急沒法掏武器，現在勉強可以了，她連忙慌慌張張的從背包裡摸出鐵餅。

歐文一看就愣了，「妳不是弓箭手？」

「嗯、嗯。」菲莉亞有點尷尬臉紅，果然這種武器看上去很奇怪吧？

歐文看到那塊鐵餅確實有點吃驚，但他依然對人類的武器體系還不是很熟悉，生怕鐵餅其實是個很受人類女孩喜愛的武器只是他不知道，於是不敢貿然做出評論。

在菲莉亞看來，則是歐文沒有對鐵餅懷有偏見，又令她覺得很感動。

鐵餅不同於別的武器，儘管攻擊力還算比較大，但扔出去說不定就回不來。心知自己可能只有一次機會，菲莉亞非常小心，瞄準了大貓將頭探到洞口的一刹那，奮力的將鐵餅扔了出去！

「嗷嗷——」

大貓發出比任何一次受傷都慘烈的叫聲，轉身跑掉了。

菲莉亞的運氣還不錯，她的鐵餅正巧砸到貓的眼睛，又彈了回來，於是掉在地上。她趕緊跑過去把鐵餅撿回來。

見大貓跑掉，歐文鬆了口氣，可同時又覺得驚訝。

他往貓身上扔了很多攻擊，因此他很清楚這隻貓的皮有多厚多難打，而菲莉亞只是一下就把對方打跑了……儘管或許有命中要害的因素包含在內，可剛才那一下，肯定很重吧？

不愧是人類的勇者，隨便一個小女孩都有這樣的殺傷力。

歐文暗暗定神，重新打量了菲莉亞。比起之前隨意而輕鬆的掃一眼，這一次，他觀察的要認真得多。

然後，他有點意外的發現菲莉亞比他之前匆忙的印象還要可愛。

帶有弧度的捲髮輕柔的搭在肩上，因為剛才的奔跑顯得有點凌亂；眼睛的形狀像貓一樣，又大又圓；微微上翹的睫毛很長，像一把羽毛扇；菲莉亞的鼻子和嘴都很精巧；另外，在海波里恩居民看來不夠完美的膚色，在從艾斯來的歐文看來也沒什麼問題。

就像洋娃娃似的。

不知道怎麼回事，之前在歐文腦海中一直是個模糊概念的「人類女孩」這個詞彙，形象忽然變得清晰起來。

正在這時，菲莉亞轉過頭看著他。明明沒做什麼虧心事，只不過是打量她而已，歐文卻猝不及防的紅了臉，十分窘迫。

「歐、歐文，我們要怎麼上去？」菲莉亞害怕的問道。

大貓走了以後，她發現從下面往上看這個洞，比跳下來時的感覺還要深。

歐文摸了摸自己的右腿，因為太痛好像已經失去知覺了，這樣的話他要爬上去應該是不可能的。

想了想，歐文一揮魔杖。

一條冰柱從魔杖的尖端上吐出，從洞底筆直的通到洞口。

「哇……」菲莉亞還是第一次看到這種用魔法的場景，之前歐文砸大貓冰塊的時候，她也沒空仔細看，所以現在覺得這個畫面非常華麗漂亮，很有震撼力。

歐文道：「妳試試看能不能順著這個爬到外面去。」

菲莉亞點點頭，立刻過去試著爬冰柱，但沒爬一會兒，她就從冰柱上掉下來了。

「對不起，太、太冷了，我握不住……」菲莉亞愧疚的說道。

歐文皺了皺眉頭，「……妳手給我看看。」

「那個……」

「給我看看。」

他稍微一用力，就將菲莉亞吞吞吐吐藏在背後的手拿到了眼前。

僅僅是碰到冰柱一小會兒，那雙手就已經出現了凍傷的症狀，而且不知道是被凍的還是被冰渣刮的，菲莉亞的手心上有一道道血絲，在原本白皙的皮膚上顯得分外怵目驚心。

歐文心情稍微有點複雜，「……對不起。」他是知道人類的身體無法抵抗低溫，但沒想到會到這個程度。

「沒、沒有關係。」菲莉亞連連搖頭，「你也是希望我們兩個能爬出去吧？」

但現在爬不出去了。

意識到目前的處境，兩個人都感到有些鬱悶。

菲莉亞在歐文的身邊坐下，她小心翼翼觀察著歐文的神情。

儘管歐文表面上保持著冷靜，可由於腿傷，他的臉色慘白，而且額頭上冒著冷汗，看上去狀態極其不好。

歐文被盯得有點不自在，側過頭看著菲莉亞，問：「怎麼了嗎？」

「那個……歐文……」菲莉亞內疚的問道：「你是不是腿斷了？都是因為我掉下來的時候壓著你……對、對不……」

「這不是妳的錯。」不知怎麼的，歐文覺得自己生氣不起來，「護著妳只是個無意識的反應而已，換個人我還是一樣會做的。」

——真、真是個好人啊！QAQ

菲莉亞又一次被深深的感動了。

歐文卻沒心情想太多，嘆了口氣，道：「目前看來，只好等其他人來救我們了。等一下學長他們回來發現我們不見，應該就會過來找我們的。雖然剛才跑了一陣子，不過應該沒有離開太遠。」

菲莉亞聽得出歐文的話裡有安慰她的意思，她當然不願意讓歐文的好意落空，於是用力點頭。

▶◇◀◎▶◇◀

菲莉亞和歐文並不知道迪恩他們其實已經回去了。

「咦？菲莉亞和歐文人呢？」迪恩到處都沒有看到他們兩個，呼喊起來：「喂——菲莉亞——歐文——麗莎沒事了，你們找到鑰匙沒？」

沒有回應。

奧利弗考慮了一下，「會不會是我們離開太久，他們找到鑰匙等不及就先去終點了？」

迪恩一拍腦袋，「唔，有可能！啊啊真是的，那兩個傢伙……另外三把鑰匙還在我這裡啊……算了，我們去終點和他們會合吧！他們肯定等急了！」

「那個……」伊萊總覺得不安，有些猶豫。

菲莉亞和歐文，看上去都不是那種因為等不及就會自己走掉的學生。

迪恩回頭道：「怎麼了，學長？」

「……沒事。」最終，伊萊搖搖頭。

▶◇◀◎▶◇◀

太陽越走越西，天色漸漸暗了。

菲莉亞漸漸的焦慮起來，不安道：「迪恩和奧利弗他們，怎麼還沒有來接我們啊……歐文，你說他們會不會是碰上那隻大貓了？還有麗莎的那聲尖叫，會不會也是因為那隻貓？」

歐文想了想，點頭說：「有可能。」

「希望他們沒事。」菲莉亞有點擔憂的說。

「嗯。」

▶◇◀◎▶◇◀

時間一分一秒的過去，終於，最後一絲陽光消失在地平線下。

漢娜考官點點名單上拿到鑰匙抵達終點的人數，停下筆，宣布道：「封鎖終點吧，第三場考試到此結束，現在還沒有到達終點的人，全部不及格。」

「那還在森林裡的學生怎麼辦？」收拾東西的學生好奇的問。

「不是都派了高年級學生跟著嗎？」漢娜推了推鼻梁上的眼鏡，「他們會把沒通過的考生帶回來的，不用擔心。讓所有人在學校裡住一晚吧，明天一早讓他們收拾行李回家。」

「好的，老師。」

▶◇◀◎▶◇◀

當最後一絲夕陽的光暈也被夜空所遮蓋的時候，菲莉亞僅剩的他們說不定能僥倖通過第三輪考試的希望也破滅了。

「唉，考試截止時間……已經過了啊……」菲莉亞心裡空落落的，她忍不住難過的喃喃道：「好不容易都走到這一步了……我爸爸媽媽，還有哥哥，肯定會對我很失望的……」

聽到菲莉亞這麼說，歐文也覺得十分煩躁不安。

德尼祭司說過，他必須要儘快介入到那個預言裡的勇者的命運中，否則魔王之血就會終結，艾斯即將面臨毀滅……

——一場背負著全族命運的考試失敗了怎麼辦？

——就這樣成為整個魔族的罪人？

歐文感覺壓力很大，已經默默的在腦海內搜索一遍有沒有可以混淆考官記憶的黑魔法。

儘管大部分用於戰鬥的魔法都需要與魔法師親和的元素來完成，比如歐文丟的冰錐，但還是有很多普通的魔法是不需要元素親合度就可以施展的，比如將破損的物品修復原狀、讓掃帚自己打掃屋子之類的。

黑魔法從元素的角度來說，也是沒有親和力要求的普通魔法，但是黑魔法被認為違反基本的道德人倫，因此在人類社會中被禁止使用。

但是，魔族對黑魔法卻沒有這樣那樣的限制，他們對待任何一種魔法都是平等的，他們認為每一種被創造出來的魔法都蘊含著宇宙某一部分的真理，不能被輕易的捨棄或消滅，即使非要消滅的話，也應當是順應自然的規律，讓它自然而然的被遺忘。

魔族的意思是，魔法的種族。

他們的外形和人類幾乎沒有任何區別，通常是以黑髮紅眼來作為魔族外表上的標誌。不過，就像是風刃地區本土居民都很一致的金髮灰眼一樣，黑髮紅眼的外觀差異並不是區別種族的決定性關鍵，真正將魔族和人族作為兩個種族割裂開來的，是他們的魔法天賦。

像呼吸一般儲存魔力、絕對的冰元素親和力、魔法即是本能……幾乎所有魔族從出生起就是天才的魔法師，他們在魔法上的壓倒性優勢，使他們之中願意放棄便利的魔法而成為刀劍戰士的人越來越少，最後到了鳳毛麟角的地步。

對於魔族來講，探究魔法就是探究他們自身以及這個世界本身。因此，魔法沒有高貴低賤，沒有正義邪惡。

所以，當菲莉亞認為使用黑魔法有違道德的時候，歐文卻認為這是一種很便利而且正當的手段。

當然，菲莉亞此時並不知道歐文正在想有點危險的事，她問道：「歐文，你呢？你有沒有報名其他的學校？」

大概是因為被對方救了一次，菲莉亞對他的信任感更強了。大多數人都不會只把賭注壓在一所學校上的，菲莉亞甚至有了「如果歐文報了其他學校我也去試試看吧」的想法。

「沒有……」他從冰城出來是非常匆忙的決定，而且他不想放過那個很可能是預言裡的勇者——那個叫卡斯爾的傢伙，「我只準備進入冬波利。如果最後實在沒辦法的話，明年再

與魔族王子一起戀愛吧~
MO ZU
PRINCE
NOVEL
辰冰
×
ILLUST
凌夏

來考吧。」

「那、那我也明年再來吧。」菲莉亞用力道，「我、我會努力的！」

歐文對菲莉亞的信誓旦旦有點不明所以，但他還是回以了微笑，這對菲莉亞來說似乎是種鼓勵。

說不定明年就可以和歐文一起入學了，菲莉亞感覺好了許多。她挪挪屁股，想要坐得更舒服一點，卻忽然好像碰到了什麼東西，「哎呀！」

菲莉亞吃痛的叫了一聲，摸了摸身下，竟然摸到一把鑰匙。

「……原來最後一把鑰匙在這裡啊……」竟然挖了這麼大個坑丟在裡面，「可惜現在用不上了……」

人一旦倒楣起來攔都攔不住，天黑以後不久，竟然開始下起雨來了。

一開始是小雨，菲莉亞脫了外套頂在頭上覺得還可以接受，但後來雨越來越大，隱隱還開始有雷鳴和閃電，不一會兒，兩個人都被淋成了落湯雞。

被那隻大貓追趕的時候，他們根本沒機會拿上行李，甚至記得拿了的也在路上丟掉了。現在，歐文和菲莉亞加起來的所有東西，只有魔杖和鐵餅，以及菲莉亞放在鐵餅背包裡的一瓶水和一點零食。

菲莉亞很慷慨的想把自己大部分的食物都分給歐文，畢竟人家是為了保護她才受重傷的。但歐文並沒怎麼吃，好像沒什麼胃口。

沒有睡袋，又下著大雨。菲莉亞抱著膝蓋縮在大洞的角落裡，雨點根本避無可避，本來拿來擋雨的外套也全濕了，頭髮、身上的衣服都是一擰一把水。

——好、好冷……

菲莉亞凍得直打哆嗦，歐文也一樣，她能感覺到他貼著自己的手和衣服都是冰冷冷的。夜晚氣溫驟降，再加上歐文白天放出來的冰柱還在旁邊釋放冷氣，周圍更冷了。

「啊、啊嚏！」菲莉亞打了個噴嚏。她擔心的看向旁邊的歐文，問：「你還好嗎？今、今晚可千萬不能睡著啊……」

菲莉亞沒有忘記歐文的腿傷很嚴重，她很為歐文的身體擔憂。

歐文沉默一會兒，道：「我們抱在一起取暖吧。」

「誒？」菲莉亞一愣。

「把衣服脫了，抱在一起會暖和很多。」歐文冷靜道，「我有看過書上這麼寫。」

菲莉亞舌頭打結：「這、這個不太好吧？」

歐文困惑的歪了歪頭，「為什麼不太好？」

漆黑的夜色模糊了歐文被打濕的髮色，礙事的平光眼鏡早就不知道掉在哪裡，這似乎隱藏了他平時外表上僅有的不完美。在雨夜微弱光影的勾勒下，屬於少年的面龐立體而柔和。

菲莉亞也愣了。為、為什麼不太好？

她只是隱隱記得母親說過，要她保護好自己，尤其要警惕陌生男性身體上的接觸，還有試圖把她帶走的人。

可歐文既不是陌生的男性，也不會拐走她……

菲莉亞想不明白為什麼，於是怔怔的回答：「不、不知道。」說完，她自己也覺得這個理由遜極了，於是作為補救，連忙道：「那、我們抱吧！」

「嗯！」

於是他們俐落的把身上的濕衣服脫下來，不過並沒有脫完，只是到能感覺體溫的程度。脫下來的衣服都疊在一起頂在頭上遮雨，這下確實比剛才好受很多。

但菲莉亞果然還是覺得哪裡怪怪的。

其實歐文也是，哪裡不對勁又說不出來。

結果氣氛更詭異了，他們貼得很近卻沉默著。

「千、千萬不要睡啊！」菲莉亞忽然開口叮囑道，她很害怕歐文真的睡過去了，「我們還是聊天吧！」

越靠近午夜，歐文覺得眼皮越重，但他頭腦還很清醒，知道這種情況不可以睡著，於是表示同意。

菲莉亞想方設法找話題，問道：「歐文，你家裡有哪些家人？」

「我，爸爸，媽媽。」他老實的說。

「他們是怎麼樣的人？」

歐文在黑暗裡皺了皺眉頭，回答：「爸爸有點傻，媽媽冷靜一些，但是有時候……」有點奇怪。

歐文想了想，還是沒有把後半句說出來。

「哦、哦。」菲莉亞笨拙的繼續找話題，「那、那你家裡人是做什麼工作的？我媽媽在家鄉開麵包店，爸爸在這裡做生意……」

對歐文來說，家人做什麼工作真是個敏感又嚴峻的問題。他嚴肅的考慮了一下，「我家人都是魔法師。」這不算說謊。

菲莉亞內心驚嘆：魔法師勇者家族嗎？好、好厲害……

「啊，好厲害啊……」她由衷的感慨出來。

「……謝謝。」因為家人是魔法師被誇讚，而且一猜就可以猜到對方在想什麼，歐文的心情有點微妙。

——其實不只我們全家是魔法師，我們全國全族都是魔法師。=__=

「難、難道你父母是比較有名的魔法師？」菲莉亞繼續努力扯話題，儘管她只能報出幾個母親讓她背住的魔法師的名字。

「還可以吧。」歐文含糊道。畢竟全人類都想砍死他們……唔，應該算挺有名的。

他稍微一頓，又覺得這樣告訴菲莉亞並不妥當，補充道：「妳不要跟其他人說我家人的事，他們……不喜歡被討論。」

「對、對不起！」菲莉亞不知道自己越線了，連忙道歉，「我一定不會說的！」

「謝謝。」歐文在黑暗中看見菲莉亞慌張的樣子，儘管並不是很信任她做的承諾，卻也忍不住笑了笑。

▶◇◀◎▶◇◀

「高年級區的野獸越線了？！」聽到返回來的學生彙報的消息，漢娜簡直可以用臉色大變來形容，「是哪一種野獸？」

「看腳印，好像是黃紋巨貓。」六年級的女生如實說道。

漢娜扶了扶眼鏡，「有考生受傷嗎？」

「我剛剛問了一下，通過考試的考生裡好像沒有碰到巨貓的。沒通過的考生裡倒是有看到腳印或者類似巨貓的影子的，但好像都沒有受到攻擊。」

聽到這個答案，漢娜考官終於鬆了口氣：「……那就好。」

「不過——」沒想到高年級女生說話居然來了個大喘氣，「剛剛我們清點人數的時候，發現有兩個考生到現在都還沒有回來。好像因為一些特殊情況，負責保護他們的六年級生和他們失散了，隊友正在著急的找他們。」

「什麼？！」

▶◇◀◎▶◇◀

菲莉亞醒過來的時候，雨已經停了。清晨的陽光穿過充沛的水蒸氣灑在地上，每一汪積水都亮閃閃的。

菲莉亞首先被自己嚇了一跳：我、我是什麼時候睡著的？！歐文呢？

一想到歐文，她本來還很迷糊的腦袋猛地清醒過來，慌張的尋找和她一起落難的同伴，然後身體一動，肩膀瞬間變輕，歐文從她肩上滑了下來。

「歐、歐文……你還好嗎？」菲莉亞連忙驚恐的把他扶住，從他身上感受到體溫的一剎那，她終於安心下來。

但並沒有安心太久，歐文的體溫太高了，他正在發燒。

菲莉亞將歐文翻過來，發現他的臉色不正常的潮紅，眉頭緊鎖，呼吸急促，嘴唇乾裂，一看就十分難受的樣子。

——這種時候，該、該怎麼辦？

菲莉亞的家人都很少生病，她不懂得怎麼照顧病人，尤其是在這種荒山野嶺、沒有任何東西能提供幫助的情況下。

她讓歐文靠在她的膝蓋上，並試著餵了點水給他喝。他似乎喝下去了，這令菲莉亞多少鬆了口氣。

菲莉亞自己也吃了點剩下的東西。

過了一會兒，歐文迷迷糊糊的醒過來。對他來說，筆直投來的陽光稍微有點刺眼，他不得不適應了一會兒，才緩緩睜開眼睛。

屬於女孩子的、柔和的面龐輪廓映入眼簾。

——為什麼，陽光這麼耀眼？

「菲莉亞……？」

「歐、歐文！你醒了嗎？」聽到對方虛弱的聲音，菲莉亞激動的低下頭看他，「還有一點吃的，你餓嗎？」

歐文一點食欲都沒有，於是搖搖頭。

老實說，他的頭現在痛得不行，像是隨時會炸掉一般；喉嚨也很不舒服，彷彿連呼吸都帶著不正常的熱度和痛苦。

——感覺好丟臉，人類女孩一點事情都沒有，我這個在極寒地區的魔族竟然因為受涼感冒了。ORZ

歐文掙扎著想要坐起來，但剛一弓身體，就吃痛的抽氣兩聲，又躺回菲莉亞腿上。

菲莉亞連忙道：「那、那個，你千萬不要勉強！躺在我腿上好了，沒、沒有關係的……你再休息一下，肯定很快就會有人來救我們的……」

歐文勉強「嗯」了一聲，不再試圖掙扎。

菲莉亞小心翼翼捧著他的頭，生怕他從自己的膝蓋上滑下去。

▶◇◀◎▶◇◀

這一次，菲莉亞對救援的樂觀估計倒是沒有錯誤。

聽說有學生失蹤，漢娜考官立刻帶著當時所能集結的所有六年級生跑進森林尋找。他們先找到的是那隻意外越線的黃紋巨貓，看到牠身上有搏鬥的痕跡時，所有人都心裡一涼。

那兩個學生顯然是和巨貓發生衝突了。

黃紋巨貓是飼養在學院森林最中心地帶，供六年級準畢業生和五年級優等生練習的野獸，儘管牠不會魔法攻擊，動作也相對比較遲鈍，但是皮厚肉重，一般的進攻難以對牠造成傷害。另外，巨貓的體型即使是在整個大陸的所有物種中，也是數一數二的大，甚至趕得上一些體格不算太誇張的龍。牠的力量也很出眾，一腳踩下去，可以踩碎以堅固著稱的成年蓋龜的殼。

即使是平時訓練的時候，黃紋巨貓也是讓十人以上的優秀高年級學生團隊作為目標的。兩個還沒有參加過學習的考生碰到……真是運氣太差了。

現在，這隻大貓正趴在地上接受特意帶來的輔助類學生的檢查。

學院森林裡的動物畢竟都是學校養的，已經半失去野性。面對學生的時候會表現得很凶猛，但導師們總有辦法令牠們快速溫順下來。

「牠身上有很多碎掉的冰渣和被冰渣弄出來的細碎傷口，有些冰甚至還沒有融化。」輔助類醫學系的學生說道：「大概是受到一個冰系魔法師的攻擊了……能在這種季節讓冰凝結這麼久，那個考生的魔力硬度應該很不錯。」

漢娜考官的腦海中幾乎是立刻浮現了那個金髮男孩的樣子，他在第二輪考試中顯然給兩名魔法類的考官留下了極其深刻的印象……儘管漢娜倒不是太喜歡他，可也知道這將是個好人才。

醫學系學生繼續道：「但是巨貓最致命的傷是在眼睛，好像是被什麼很硬的物體用很重的力道擊中的。似乎不是劍或者刀類插中的……唔，我想不出是什麼武器。」

——恐怕是鐵餅。

漢娜嘆了口氣。那個用鐵餅的女孩子，那份可怕的力量實在令人難忘。老實說，她本來十分期待那個孩子的將來。

學院半放養的野獸一般都會控制好力量不把孩子們弄死，可那是在雙方水準差不多的情況下……六年級用的凶獸和尚未入學的考生，等級實在差得太遠了，即使是漢娜考官也不禁有「大概凶多吉少」的念頭。

「我不太確定巨貓的眼睛能不能治好。」學生道，「我只能看出這些，剩下的可能要交給動物醫學系的來了。」

然而，一時半會兒也找不到動物醫學系的學生，就連眼前這個醫學系高年級生，也是在校醫不能立刻趕過來的情況下臨時抓的。

漢娜考官嘆了口氣，「你已經做得不錯了，專業學得很好。」

學生有點臉紅，「……謝謝您的誇獎，老師。」

漢娜轉身對其他人道：「既然巨貓在這裡，那兩個學生應該就在附近了。大家快點分頭去找！」

「是，老師！」

最後，一個魔法類的學生找到了在坑洞裡的菲莉亞和歐文。

他們的狀況實在稱不上好。淋了一夜雨，男孩發著高燒，腿骨折斷；女孩滿手凍傷，身體也有疲勞過度的症狀。

一群人合力把他們從大洞底下弄了出來，醫學系的學生趕緊從藥箱裡找出所有現在可以使用的藥物來為他們進行緊急治療，確定兩個人的狀態都穩定後，才用最快的速度將他們送進學院醫院。

▶◇◀◎▶◇◀

菲莉亞再度醒過來的時候，羅格朗先生已經來了，正在旁邊照料她。

見她醒過來，握著她手的羅格朗先生輕柔的問：「菲莉亞，妳還好嗎？」

菲莉亞艱難的開口：「歐、歐文……」

「那個和妳一起掉進洞裡的男孩嗎？」羅格朗先生頓了頓，回答：「他就在隔壁床，還沒有醒過來……那孩子的父母好像沒有陪他來冬波利，暫時聯繫不上，真是可憐。不過妳不用太替他擔心，醫生說他沒有生命危險，身上的傷也很快就會好的。」

聽到這些話，菲莉亞終於鬆了一口氣。

她旋即看向父親，有些愧疚道：「對、對不起，爸爸……我還是沒能考上。」

「這怎麼會是妳的錯？況且……」羅格朗先生溫柔的摸摸女兒的頭。

「況且？」

「況且妳也不一定就不會被錄取了。」他微笑著道，「妳和旁邊這個男孩是因為學院管理疏忽發生特殊情況，才會掉進那個洞裡沒法考試的吧？」

菲莉亞懵了，「誒、誒？」

「你們是不是碰上一隻大貓？」看菲莉亞的表情，羅格朗先生明白她還沒弄清楚狀況，繼續解釋道：「那是給五、六年級學生用的野獸，因為意外越過管理線才會被你們碰上……這不是你們的責任。況且你們找齊通過考試需要的鑰匙了，不是嗎？他們在妳身上找到一把，還有你們隊長身上有三把，所以你們的隊伍實際上是找齊了鑰匙的。」

菲莉亞還是反應不過來，眨著圓圓的眼睛。

看她這個樣子，羅格朗先生倒也不勉強，又摸了摸她的腦袋，道：「所以，考慮到你們的特殊情況，負責這次考試的五個考官正在臨時開會商量處理方式，決定要不要破格錄取你們。我想，妳被錄取的可能性還是挺高的，不要擔心，菲莉亞。」

羅格朗先生稍微頓了頓，才道：「對了，之前沒有和妳說。其實我有個朋友的姪子也在這裡唸書，今年應該是上二年級……要是妳能順利入學的話，他肯定會照顧妳的。」

第六章 爸爸的朋友的姪子是……

冬波利學院會議室裡，五個考官坐在一起，表情都有些微妙的複雜。

主持會議的漢娜率先道：「關於這次的意外事件，你們怎麼想？」

查德頭疼的按了按太陽穴，「冬波利以前也發生過意外，可卻從來沒有過破格入學的先例……而且，換作其他天資比較一般的學生就算了，這次偏偏是那兩個孩子……」

「你應該慶幸碰上黃紋巨貓的是那兩個孩子。」漢娜冷靜的說道：「如果換作是別的考生，或許我們現在商量的就是怎麼安撫狂暴的家長了。他們兩個人現在都活著，還沒受到什麼會留下後遺症的傷，這是萬幸。」

希勒里有點興奮的說道：「說得沒錯！這證明我們的眼光還是很準確的！兩個九歲的考生，竟然從高年級組團才能應對的凶獸爪下逃生了！毫無疑問，我們必須留下他們！」

尼爾森依舊用拳頭將桌子砸得砰砰響，「沒錯！留下他們！我之前就說過了，那個扔鐵餅的女孩是我的學生！她叫什麼來著……菲莉亞！對，菲莉亞！誰要把菲莉亞趕出去就是和我作對！」

查德的頭感覺更疼了，他嘆了口氣，說：「可是以前從來沒有過這樣的先例，一旦破例一次的話，或許以後會有家長來找學校的麻煩。」

「難道你就願意放跑那個小魔法師？」希勒里焦急的遊說他的同事，「想想吧，那可是幾十年不遇的天才。」

查德猶豫道：「可是，如果他們真心想要入學冬波利的話，明年一定也可以再來的。」

「那可不一定！」希勒里更急了，「你別忘了王城那裡還有王室直屬的『帝國勇者學校』，另外『王城勇者學校』也一直在虎視眈眈，我們不能冒這個險……」

漢娜掃了掃亂成一團的會議桌，看向明明穿著超短裙卻把雙腿擱在桌子上的伊蒂絲，她正一臉無聊的往自己修剪得整整齊齊的指甲上抹紅色的指甲油。

漢娜輕輕咳嗽了一聲，問道：「伊蒂絲，妳的看法呢？」

「我？」伊蒂絲慵懶的將紅髮往後撥了撥，「那兩個孩子的長相已經通過我的標準，他們非要入學的話我無所謂……唔，反正一個魔法師、一個遠程戰士，都跟我沒有關係。」

漢娜道：「哦，這麼說的話，現在是四票贊成他們入學嗎？」

聽到漢娜的話，查德感到了一絲不對勁，「等等，漢娜，四票？」他略感吃驚的看向自己在考官中唯一的眼鏡同盟，「妳的意思是，妳這次不是站在我這邊的嗎？！」

此話一出，另外三雙眼睛都齊刷刷看向了不苟言笑的漢娜考官——伊蒂絲震驚到錯手將指甲油塗到了指甲外。

被眾人用詭異的視線盯著看，縱然是漢娜．懷特都有點渾身不自在的感覺，她推了推眼鏡，忍不住道：「怎麼，我贊同他們入學很奇怪嗎？」

尼爾森：「……超奇怪的。」

希勒里：「Σ(っﾟДﾟ;)っ查德你快點去外面幫我看一下，艾斯的那個大魔王是不是已經開始毀滅世界了？」

伊蒂絲：「不用看了，世界肯定已經毀滅了。」

查德：「……」

漢娜：「……你們夠了。」

她清了清嗓子，試圖讓場面恢復到嚴肅正經的狀態，然而她自己臉頰上的微紅卻不是很聽話，「我承認這和學校的傳統不符，不過我認為這兩個孩子在森林的實踐中，完成了比找鑰匙到終點難度更高的考驗，他們有資格入學。」

漢娜稍微頓了頓，又道：「況且……卡斯爾在學院裡一枝獨秀一年已經夠久了，我想是時候來些能給他壓力的後輩，讓他稍微有點競爭的壓力感，這說不定可以進一步突破卡斯爾的潛能……」

希勒里鬆了口氣：「什麼啊，果然還是為了卡斯爾……這樣我就放心了。」

伊蒂絲：「妳這個一提到卡斯爾就沒有原則的女人。話說，學校裡想啃嫩草的女教師真的只有我一個？」

漢娜又推了推眼鏡，警告道：「別將我和妳相提並論，伊蒂絲。我沒有那種想法，我只是不想浪費掉一個優秀學生的任何一絲潛能。」

伊蒂絲倒是一點都不生氣，挑了挑眉，懶洋洋的說道：「無所謂，反正我是什麼時候都沒有原則的女人。」

漢娜索性不再搭理她，看向在場的唯一一個反對者，「查德？」

查德聳了聳肩膀，道：「既然妳都同意的話，我也沒什麼話好說。去告訴那些孩子，他們被錄取了吧。」

▼◇▼◎▼◇▼

菲莉亞接到她被錄取的通知時，感覺簡直難以置信。

「歐文！歐文！」菲莉亞極其驚喜的看向旁邊床的金髮少年，「我們被破格錄取了！雖然沒有完成第三輪考試，但是我們還是進了冬波利學院！」

已經醒來的歐文無奈的笑了笑，道：「……我都聽到了。」

看到歐文這麼鎮定，菲莉亞頓時有點為自己的手舞足蹈不好意思，她也應該成熟一點，像歐文這樣才對。

不過……菲莉亞偷偷的為歐文為她露出的笑容高興。

——總覺得因為一起掉進坑洞裡的事，和歐文變得親近了很多。

——難、難道說我們已經是朋友了嗎？這就是朋、朋友嗎？

——好、好像有一點開心……啊，怎麼能這樣想，歐文可是因為這件事受了重傷，我、我好自私。QVQ

菲莉亞的心情因為想法的變動而上下起伏，歐文就看著她的臉一會兒漲紅、一會兒又蒼白起來……

——她是怎麼回事？有點好笑。

不過，歐文實際上並沒有看上去那麼冷靜就是了，證據就是他棉被下面緊緊攥拳的手，在聽到這個消息後終於緩緩的鬆開了。

——德尼祭司的預言非同小可……要是沒有被錄取的話，還真不知道怎麼辦才好。

——唔……算了，還是先不想這些了。

歐文看向身邊興奮得臉頰撲紅的少女，心裡忽然有種暖洋洋的感覺。

然而，菲莉亞的高興和激動並沒有持續太久，等到正式開學的時候，這些正面情緒全部都轉化為過度緊張。

由於要給受累的學生準備和休整的時間，當然……還有歐文腿斷了的癒合時間，冬波利的正式入學是在五天後。海波里恩的醫療很發達，重傷的勇者也能在最短的時間內治好，因此開學那天，歐文已經可以下床蹦蹦跳跳了——雖然枴杖還是不能扔。

羅格朗先生確定菲莉亞沒什麼大礙後，就和她告別、離開了冬波利，繼續回王國之心做生意。只是他離開前反覆叮囑菲莉亞要「和他朋友的姪子友好相處」，另外還要注意安全、按時吃飯。

因為在第三場考試中受傷，菲莉亞倒是因禍得福可以住在學校醫院裡，從而省下了好幾天的住宿費。要知道，學校新生的宿舍還沒有安排好，而冬波利考試期間的旅店住宿費是格外貴的。

而且，她還可以和歐文住在一起。

相處幾天下來，菲莉亞徹底確信她和歐文已經是朋友了，況且歐文確實是個溫柔友善又善良的人，她能在剛一入學就碰到這麼好的人，真是太幸運了。

因為歐文來自於和南漳灣氣候風格全完相反的風刃地區，菲莉亞還從他那裡聽到很多風刃地區的風土民情。當然，她不知道那些基本上是歐文從書上看來的、或者是自己亂編的，於是出於禮尚往來原則，菲莉亞也說了不少關於南漳灣和她家庭的事。

就這樣，歐文就得到了很多海波里恩的情報，不是書上那些刻板的訊息，而是來自於一名海波里恩本土少女的真實感受。

雖然菲莉亞還說了很多對他沒什麼幫助的內容，不過歐文覺得自己並不討厭她的聲音，於是也耐心的聽下去。

——並、並不是我喜歡聽她說話。

——真、真的。_(:3)∠)_

他們約定開學以後也要經常一起玩，有空的話還可以一起學習。

菲莉亞甚至還想提出等畢業以後和歐文參加同一個勇者團隊的約定，但是看著那雙清澈又溫柔的灰眼睛時，她始終開不了口。

▼◇▶◎▼◇▶

之後，在開學的前一天，歐文終於接到了他爸大魔王的來信。

魔族千百年來都鑽研魔法，因此魔法技術早已到了不用依靠信使也能送信的地步，送信的速度自然也快得多。

大魔王的信是幾分鐘前寫好的——

親愛的兒子：

一別一個多月，你在海波里恩過得還好嗎？

爸爸一直沒有寫信給你，真的不是因為我一不小心就完全忘了你。

由於讓祭司為你占卜，我被你媽媽揍扁了。德尼說她從水晶球裡看到，你在海波里恩也受了重傷，我們父子果然很有默契。

這封信真的不是因為你媽媽逼我我才想起來寫的。

真的。

愛你的爸爸　大魔王

歐文：「……」

——所以這麼久不聯繫你只想說這個嗎！(╯`□´)╯┻┻

——混蛋！

◀◇▶◎◀◇▶

因為早晨不小心睡過了頭，搬進新宿舍的這一天，菲莉亞進房間的時候，她的室友都已經到了。

冬波利學院的宿舍是一棟一棟的房子，每棟房子都有兩層樓，住八名學生，每個人都有自己的房間，但必須共用整棟房的一間廚房和餐廳，以及一層樓只有一間的洗手間和浴室。

總體來說，條件還是很不錯的，甚至比菲莉亞在艾麗西亞的家還要豪華一些，讓她不由得手足無措，同時忍不住擔憂起來。

——這、這就是王國之心的生活方式……我真的能適應嗎……

——還有，爸爸媽媽到底為這裡的學費繳了多少錢……

菲莉亞深知自己的家庭條件在貧困的南淖灣應該還算不錯，可是要趕上王國之心的生活水準是無論如何都不可能的，因此不禁開始擔心為了讓她上學，父母不得不付出的代價會不會已經超過了家庭的承受能力。

聽到又有人進來的聲音，已經到了的其中一個女孩對菲莉亞招了招手，道：「妳還愣著做什麼？快過來！我們正在做自我介紹。」

菲莉亞這才回過神，匆忙的將行李擱在地上，快步跑過去。

宿舍的餐廳裡一共有八張椅子，正好一人一張。菲莉亞坐在剩下的最後一張椅子上，緊張的打量其他人。

不知道是不是她的錯覺，所有人的表情都不是很好，餐廳的氣氛似乎十分緊張……

七個女孩中的四個，她都有些面熟，是在森林裡臨時碰到過的少女團隊中的人，而且當時的領隊麗莎也和她同一個宿舍，菲莉亞一眼就認了出來。

另外三個人卻很面生，她們並排坐在一起，身體不自覺的往同一個方向靠，大概是彼此認識熟悉的。其中，被兩人夾在中間的是個面容十分出眾的女孩，她似乎比菲莉亞大個一、兩歲，膚色健康而美麗，有一頭柔順的酒紅色頭髮，眼睛則是澄亮的藍色，鼻子高挺小巧，嘴唇嫣紅飽滿，即使是從海波里恩對身材和臉蛋都很苛刻的標準來說，她也是無可挑剔的美人胚子。

——真、真漂亮啊……

菲莉亞忍不住看呆了幾秒鐘。不過，當對方的視線迎上她時，她就不得不縮起脖子……

這個室友的臉上一點笑意都沒有，氣質給人的感覺極為不好親近。

說起來，餐廳的氛圍之所以緊張，好像就是因為以紅髮少女為首的三人組，和以麗莎為首的四人組正在進行雷鳴電閃的眼神交流。

劈里啪啦……

然後，菲莉亞才後知後覺的發現，其實在座的所有人都是十分漂亮的女孩子，只是因為紅髮少女的容貌光芒太鋒利，這才讓別人都黯然失色。

她、她真的能和這些看上去都很出色的女孩子相處好嗎……QAQ

正當菲莉亞發呆的時候，麗莎正好看向她，道：「我認識妳，妳是在森林裡和迪恩他們同隊的……怎麼了嗎？妳怎麼看上去傻乎乎的？」

聽她這麼說，菲莉亞的臉不爭氣的爬上了紅暈。

她老實的說：「妳、妳們都好漂亮……」

麗莎挑了挑眉，道：「這不是很正常嗎？這一期的考官裡有那個傳說中的伊蒂絲，她可是出了名的顏控，長相不過關的統統不會放進冬波利裡來的。妳也很漂亮啊！」

突然被誇了一下，菲莉亞臉更紅了，同時也變得侷促不安。

麗莎沒再管菲莉亞。其實她一開始也將在座的所有人都打量了一遍，覺得只有那個紅髮女生長得比她漂亮。她一貫對自己的長相有自信，菲莉亞膚色太慘白，其他人要麼是太瘦，要麼就是五官協調性不好，反正比不上她。

不過，畢竟還有一個人的臉比自己長得好，還偏偏是這傢伙……

於是麗莎皺了皺眉頭，她決定掌握寢室裡的主動權，就像在森林裡當隊長一樣。

「我叫麗莎．霍爾，來自王城。」說完自己，她將坐在身邊的幾個曾在森林裡組隊的女孩名字也報了一遍，「我們在森林裡一起組隊的，那時候就認識了。」

忽然，她頓了頓，再開口的時候，語氣就有點咬牙切齒：「不過，我想，妳們三個和我們，也在森林裡碰過面了吧。」

餐桌上的空氣彷彿擰成了一根隨時都會崩斷的弦，四處都飛濺著激烈的火花。

——誒、誒？！

菲莉亞完全不清楚發生了事，只是感覺到氣氛的冷凝和可怕。

「哼。」紅髮女生用鼻子發出聲音，不屑的將臉轉到一邊。

她旁邊跟班一樣的女孩生氣的拍桌，道：「妳不要血口噴人！當時我們只是湊巧站在那裡罷了！明明是妳自己把鑰匙弄丟了，怎麼能怪我們？」

另一個跟班也道：「就是！什麼證據都沒有就胡說八道，我看妳就是嫉妒大小姐長得比妳漂亮，所以故意誣陷她！」

麗莎氣得臉色發白，胸口大幅度的起伏著。她身邊的幾個女孩也趕緊替她說話。

「麗莎人這麼好，怎麼可能嫉妒妳們那個什麼狗屁大小姐！」

「麗莎的鑰匙忽然被搶了，轉頭就看到妳們站在那裡，肯定是妳們搶的！」

「什麼大小姐大小姐的，妳們只不過是小偷的兩條狗而已！呸！沒下限！」

「就是，說什麼大小姐大小姐的，明明連個名字都不敢報出來！我們麗莎可是霍爾伯爵的獨生女！至於妳們那個誰，哼，誰知道是不是哪家的私生女？！」

畢竟大家都是考勇者學校的人，再加上年紀小，所有人吵起架來都很直白，口無遮攔。

於是紅髮女生的一個跟班急得大叫：「不要胡說！妳們罵我可以，不准罵大小姐！」

另一個也忙說：「就是！我們瑪格麗特．威廉森大小姐的名字怎麼可能輕易告訴妳們這種下等人！」

瑪格麗特：「……」

菲莉亞：「……」

一聽到威廉森的姓氏，麗莎的表情更差了。

「威廉森」家族是目前唯一一個可以和卡斯爾．約克森所在的「約克森」家族齊名的勇者世家。不過，比起約克森家族在勇者和貴族中傾向於勇者的立場，威廉森家族則更傾向於貴族。

威廉森家族本來就是在魔族和人類還沒有勢同水火時就誕生的古典貴族家族，當時還根本沒有「勇者」這種職業。近年來演化為勇者家族，也是出於不讓家族隨時代衰落的考慮，他們家族出產的勇者，實際上比起千里迢迢去艾斯討伐魔族，更多的是留在王國之心擔當皇家護衛隊之類的職務。

麗莎早就聽說過這個家族這一代有個女兒，但對方很低調，從來沒在公開場合露過面，麗莎自然沒有見過，想不到會在這種地方碰上。

霍爾家即使再顯赫，無論如何也比不上這種在王城扎根千年的老世家。

麗莎的小夥伴們顯然也聽說過威廉森的名號，她們的氣焰稍微熄滅了一會兒，但沒多久又搖搖晃晃的燃了起來。

「貴、貴族家庭又怎麼樣？！威、威廉森家族又、又怎麼樣！出身好就可以這樣仗勢欺人了嗎？！」

剛剛報出瑪格麗特名字的跟班還在那裡大驚失色：「妳們怎麼知道瑪格麗特大小姐出身威廉森家族？！」

瑪格麗特：「……」

菲莉亞：「……」雖、雖然插不上話，但為什麼覺得這吵架還滿好笑的……

「閉嘴，娜娜。」終於，大小姐皺著眉頭開口了。

「……」被叫做娜娜的跟班馬上閉了嘴。

「可、可是，大小姐……」另一個跟班急得快要哭了。

「溫妮，妳也閉嘴。」

於是這個跟班也委屈得不敢再說話了。

瑪格麗特一雙藍色的明眸筆直的盯住麗莎，道：「我沒做過的事情就是沒做過。還有，我要二樓右邊第二個房間。不要再煩我。」

說完，瑪格麗特起身往樓上走，她的兩個跟班縱然不甘心，也只好跟著她往樓上去。

菲莉亞這才敢拉拉旁邊妹子的袖子，問到底發生了什麼事。

一聽她問問題，其他人立刻圍住了菲莉亞，七嘴八舌的控訴瑪格麗特仗著自己身分高貴幹了什麼事。

菲莉亞想了好一會兒，才把她們敘述中混亂的時間線釐清楚。

原來當時他們在森林裡聽到的那聲麗莎的尖叫，是因為她突然發現丟了鑰匙。據說麗莎的女生團隊和瑪格麗特大小姐及其跟班的隊伍擦肩而過，麗莎的肩膀被大小姐的跟班重重的撞了一下，麗莎險些跌倒。這時候，麗莎感覺有點不對勁，就去翻背包，結果發現之前剛找到的一把鑰匙不見了。

「肯定是瑪格麗特指使她的跟班拿的！」其中一個女生義憤填膺道，「她一定是自己找不滿三把鑰匙，就想著要來搶我們的！當時麗莎就把鑰匙放在背包外面的口袋裡！」

另外一個女生也連連附和。

只有一個人好像不太確定，她在剛才的吵架中發言也不多。此時，她有點小心翼翼的說道：「可、可我覺得也未必是她耶，她當時一聽我們說她拿了鑰匙，不是立刻解了自己的鑰匙丟過來嗎？雖然我們沒有拿……她還說她再重新去森林裡隨便找一把……我們會不會、會不會太咄咄逼人了？」

「妳別被她騙了！誰要她的鑰匙！被她碰過的東西我看都不想看！這是激將法啦，激將法！如果那把真的是她按照自己的地圖找到的鑰匙，那麼她的那張地圖就沒有用了，沒有線索，怎麼可能在那麼大的森林裡再找到一把鑰匙？她絕對是故意混淆視聽！」麗莎旁邊的女孩肯定的反駁道。

麗莎這時才說：「算了、算了，我們後來不是又重新找到鑰匙了嗎？對了，說起來這件事還多虧了迪恩……菲莉亞，他是你們的隊長吧？」

菲莉亞點點頭，正要回答，忽然，門鈴響了起來。

一個女孩「咦」了一聲：「這時候還有誰要來？難道是宿舍管理員這麼快就要來檢查？我去看看！」

她咚咚咚的小跑到門口。

過了一會兒，傳回來的是瘋狂的驚叫：「卡斯爾．約克森！是卡斯爾．約克森！！是本人耶！！菲莉亞！他來找菲莉亞．羅格朗！我們之中有誰叫菲莉亞的嗎？！」

頓時，所有的目光都「刷」地落在了菲莉亞身上。

——卡斯爾？卡斯爾．約克森？

菲莉亞的大腦停止運轉了整整十秒鐘。儘管她也是最近才剛剛得知這個人的名字，但卻知道這是個天賦出眾、出身高貴的男孩子，而且還很有名。

——但、但為什麼他會來找我？

正當菲莉亞呆滯的時候，去開門的女孩子已經咚咚咚的跑了回來。

「天吶！妳居然認識卡斯爾．約克森！天吶天吶！」她十分誇張的尖叫著，「菲莉亞，我們做朋友吧！然後妳把卡斯爾介紹給我好不好！」

菲莉亞表情為難，「那、那個……」她真的不認識卡斯爾，也不知道他為什麼來找她。

但對方根本沒準備等菲莉亞把話說完，她興奮的把菲莉亞從椅子上拉起來，然後一路往門口推，「妳還呆呆的坐在那裡幹什麼！快出去啊！怎麼能讓卡斯爾等！他可是卡斯爾．約克森啊！」

菲莉亞只好將信將疑的往門口走。

麗莎注視著菲莉亞走向門口的背影，心情十分複雜。

她父親是伯爵，在參加貴族聚會的時候，她也偶爾能有機會遠遠的看到卡斯爾和別人交談。就和其他早熟的女孩子一樣，她對卡斯爾那種優秀過頭的男孩子也是有朦朧的嚮往的，只不過實在不敢上前搭話，因此對方應該連她的名字都不知道。

——為什麼菲莉亞這種看上去沒什麼長處還很內向的女孩子會認識卡斯爾？他甚至一開學就專程來找她……

——難道菲莉亞的身分其實也很高貴，只是和瑪格麗特一樣，從來不在公共場合露面？

在麗莎胡思亂想的時候，菲莉亞已經走到了門口。

剛一跨出大門，她看見的就是一頭像燃燒的火焰般耀眼的紅髮，還有十分燦爛的笑容。

「喲。」站在門口的男孩隨意打了個招呼，「我是卡斯爾．約克森。妳是叫菲莉亞吧？

菲莉亞．羅格朗？」

菲莉亞受寵若驚的點點頭。

儘管是第一次見面，之前又有無數人對她陳述過卡斯爾的容貌，菲莉亞還是有些被驚豔到了。

跟傳聞中一樣，他是海波里恩這裡的人們最喜歡的長相。

他有著傑出的五官，小麥色的肌膚，金色的眼眸，笑起來嘴角有兩顆張揚的虎牙。他只穿了適合運動的衣服，上衣敞開，因此露出了健美的腹肌。此外，卡斯爾裸露在外的手臂和小腿，看起來也強健有力。明明只比菲莉亞大一歲，個頭卻很高，看上去足有十三、四歲似的。不過，他身上最引人注目的果然還是那頭紅髮，奪目、灼眼。

和太過醒目的人站在一起，菲莉亞下意識就想躲進陰影裡去。

不過，卡斯爾顯然沒有注意到她的不自在，他很自然的伸出手，道：「我姑姑說妳是她朋友的女兒，讓我多照顧妳，所以以後請多關照啦！妳要是遇到什麼麻煩的話，可以來找我幫忙。我住在西區十二號。」

冬波利的宿舍區分東西兩部分，女生住東區，男生住西區。菲莉亞住的是東區六號。

菲莉亞連忙和卡斯爾握了握手。

——原、原來爸爸說的朋友的姪子……是、是卡斯爾嗎！

——為、為什麼會是卡斯爾啊？！

卡斯爾．約克森出生於顯赫的勇者世家，家族異常高貴，這一點菲莉亞在一個月內已經透過各種管道充分瞭解到了。像這種人，很顯然和她這樣出生落後地區、家庭環境普通的女孩並不在同一個世界裡，菲莉亞本來也是準備瞻仰瞻仰就好，結果……

——卡斯爾竟然是爸爸朋友的姪子？！

雖然這個關係已經挺遠了，但菲莉亞仍然覺得極為不可思議！

——爸、爸爸，你是怎麼認識這種等級的人的啊……

菲莉亞的腦海中正在掀起驚濤駭浪，表現在臉上就是徹底傻了。

卡斯爾倒是覺得菲莉亞的表情很有趣，他爽朗的笑了笑，伸手摸她的頭髮，「什麼啊，姑姑讓我照顧妳的時候，我還擔心是什麼任性的小女孩。妳不是很可愛嗎？我有預感我們會相處愉快的。別看我這樣，就算有六年級的人欺負妳，我也可以幫妳揍倒他們。」

菲莉亞已經緊張到喪失了自主判斷能力，不自覺的就乖乖點了頭。

歐文走到這裡的時候，見到的就是卡斯爾和菲莉亞看起來相處很融洽的這一幕。

他已經去過宿舍並且收拾好東西了。歐文的室友裡有迪恩和奧利弗，其他五個人也都是頭腦簡單、個性開朗的典型勇者，而且還沒有菲莉亞這邊的過節，因此解決分房間的問題簡單粗暴也很快。弄好一切事情，歐文就想起他到冬波利來的真正目的了。

德尼祭司說他必須提前切入宿命中的勇者的命運……按照歐文的理解，應該就是提前和卡斯爾當朋友，然後讓他放棄入侵艾斯的想法或者無法下手殺自己之類的。於是，歐文決定出門去找找卡斯爾。

他倒是沒指望一下子就能認識對方，只是想先弄清楚對方的性格、形式規律之類的。由於卡斯爾的知名度，歐文沒費什麼功夫就得知了對方住的地方，然後過去看看。因為卡斯爾的粉絲很多，住所經常被人慕名圍觀，因此歐文過去看兩眼也沒人懷疑，卡斯爾的室友甚至還特地告訴他，卡斯爾忽然跑去女生宿舍了，說是有親戚朋友的孩子入學，如果想見本人可以過去看。

歐文當然不會放過這種好機會，連忙跑來了東區。一路過來的時候，他還想著見到卡斯爾的樣子後，還可以順便約菲莉亞一起去逛學校。

然後，他就看見了卡斯爾和菲莉亞在一起。

——菲莉亞就是那個卡斯爾親戚朋友的孩子？！

一瞬間，歐文的心情很微妙。

就像在地上撿到了漂亮可愛的糖果，原本滿心歡喜的準備裝進口袋，卻忽然有個人跑出來說這是他丟的糖，而這個人還湊巧是自己的死對頭。

歐文自己也不清楚自己是怎麼回事，他只知道他不開心，非常不開心，一口氣被硬生生的憋在胸口，他甚至有種想要過去把菲莉亞拉回來的衝動。但他深呼吸了幾口氣，最終也沒有這麼做。

歐文決定一個人默默的轉身走掉。

——我才不在乎菲莉亞和誰一起玩呢！

——菲莉亞才不是我的第一個朋友，完全不是！

正在這時，菲莉亞眼角的餘光卻瞥到了那抹令她在意的金色。

「歐、歐文！」她有些驚喜的叫道。

卡斯爾也順著她的目光看過去，視線落在體型削瘦的歐文身上，然後笑著露出虎牙，十分自來熟的對遠處初次見面的歐文揮了揮手，打招呼道：「喲！」

歐文：「……」為什麼這傢伙要跟我打招呼？

原本只知道眼前這個紅毛是他的目標和對手，還有可能就是那個預言中威脅艾斯的勇者，歐文本身其實對卡斯爾是沒有太大意見的。但是現在，不知道怎麼回事，歐文看著這個自然的站在菲莉亞旁邊的二年級生，忽然覺得對方渾身上下都讓人不爽，怎麼瞧怎麼礙眼。

……尤其是他和菲莉亞站在一起的時候，明明外表、氣質都差別很大，可是卻有種意外的和諧。

歐文心裡莫名的煩躁起來，但表情上卻看不出什麼，雙手插在口袋裡，鎮定的走過去。

卡斯爾並不知道自己已經被對方默默取了個「討厭的紅毛」的綽號，仍然笑得很輕鬆，說道：「我是卡斯爾．約克森，你是菲莉亞的朋友？」

歐文：「……歐文．哈迪斯。」為什麼這傢伙的語氣好像他和菲莉亞是一家人而我是外人一樣……嘖。

「哈哈哈，看起來挺有精神的嘛！還有，你的頭髮顏色很特別！」卡斯爾爽快道。

歐文：「……哦。」

被敵人誇獎了，歐文心情有點詭異的複雜。而且頭髮顏色特別是什麼鬼？從一個紅毛口中說出這種話，怎麼聽都像是炫耀啊混蛋！

菲莉亞感覺到了歐文對卡斯爾態度的冷淡，還有歐文今天周圍的氣壓都十分的低，她不清楚原因，只能歸結於歐文心情好像不太好。

卡斯爾不可能完全感受不到自己不受歐文的歡迎，儘管他依然毫不在意般的微笑著，菲莉亞卻忍不住忐忑。

「那、那個……歐文他在考試的時候一直很友善，很冷靜……還救了我……」菲莉亞結結巴巴的試圖向卡斯爾解釋一下，說明歐文並不是個性討人厭的男孩。畢竟卡斯爾在冬波利乃至整個海波里恩都有一定名氣，菲莉亞很擔心他會對歐文有壞印象，從而給歐文帶來不好的影響。

聽到菲莉亞的話，歐文倒是側臉一紅，下意識的移開視線，胡亂的撥弄起金髮。

「……謝謝。」

歐文莫名其妙的和卡斯爾互通姓名，算是認識了。之後，卡斯爾算是完成了在開學「照顧」菲莉亞的任務，於是爽快的離開。

卡斯爾一走，歐文也離開了，弄得菲莉亞摸不著頭腦。

——歐、歐文不是來找我的咩？QUQ

不過，菲莉亞也感覺到歐文今天心情很不好，因此沒有再挽留他。

目送歐文的金髮在拐彎處消失後，菲莉亞也回到了宿舍內。然而，她一隻腳剛一邁進宿舍大門，迎面而來的四雙熱切的目光就將她嚇了一跳。

「我看見了，卡斯爾摸了妳的頭。」其中一個女孩嚴肅的說道，「老實交代，你們是什麼關係？」

菲莉亞一愣，「他、他是我爸爸朋友的親、親戚的小孩……」

「胡說！」另一個女孩一下子截斷她的話頭，「這麼遠的關係，像卡斯爾學長這種大人物怎麼可能一開學就跑過來看妳？說實話！」

她稍微停頓幾秒，唯恐天下不亂的又補充道：「難道是指腹為婚？未婚妻？同父異母的妹妹之類的關係？！」

此話一出，在場的另外三個女孩都狐疑的瞪著她。其中，麗莎的眼神格外複雜。

菲莉亞則是頓時差點被自己的口水嗆到，有種百口莫辯的感覺。

「真、真的是爸爸朋友親戚的……」

「那，卡斯爾學長跟妳說了什麼？」短髮女孩粗暴的打斷她的話，追問道。

菲莉亞想了一會兒，回答：「沒、沒什麼……卡斯爾學長只說他會照顧我……」

「有人欺負妳就去找他之類的？」

「嗯、嗯……」

「什麼啊……沒意思！」問話的女孩一臉無趣的嘛了嘛嘴，「我還以為會有更勁爆的話題可以聽呢。」

這時，一直沉默的麗莎終於開口了：「本來也沒什麼有意思的。妳們不要太為難菲莉亞了，趕緊說正事。我們寢室房間怎麼分配？」

說到這個，女孩中的一個又憤怒起來：「說起這個，想到那個什麼威廉森大小姐自顧自的占了一個房間我就生氣！呸！」

「肯定不只一間房啊，她要了右手邊第三個房間，她那兩個跟班肯定一左一右住在她旁邊！上學還帶著跟班，架子真大！」另一人也憤憤道。

剩下的棕髮女孩連忙勸兩個正在氣頭上的人，道：「她、她占的也不是什麼特別好的房間，妳、妳們不要生氣……」

「反正她不商量一下就占了，我就是不爽！」

麗莎說：「算了、算了，我們自己管自己。剩下的五個房間妳們先挑吧，把最後一間留給我就好。」

「麗莎，妳就是人太好才會總是被欺負。」短髮女孩忿忿的說。

不過，話雖這麼說，她倒也沒有和麗莎客氣，想也不想就要了離瑪格麗特三人最遠的左邊第一間。另一個女孩則要了她旁邊的位置。

偶爾會替瑪格麗特說話的棕髮女孩好像很糾結，她和菲莉亞互相謙讓了一會兒，還是決定住在右手邊第一間房，也就是短髮少女的對面、瑪格麗特的一個跟班隔壁。

最後，菲莉亞和麗莎分別住在左手第三間和第四間。菲莉亞正好在瑪格麗特對面。

決定好之後，大家都各自開始整理東西。整理的過程中免不了又要交談，和麗莎一起的三個女孩似乎已經默認菲莉亞是和她們一塊兒的，一直很熱情的與她搭話，當然，其中很多都是問和卡斯爾有關的事。

菲莉亞實際上和卡斯爾並不熟悉，自然答得支支吾吾。不過，短髮女孩似乎隱隱認為她是故意隱藏，時常不滿的嘀咕。

▶◇◀◎▶◇◀

等收拾好一切，天空已被夕陽染成了鮮豔的橙紅色，連雲彩都帶著醉醺醺的韻味。

菲莉亞終於可以休息一會兒了，但她並沒有坐下來多久，就有幾個女孩敲門來找她。

因為和麗莎在一起的所有人——菲莉亞暫時還是分不清她們幾個的名字——都認為菲莉亞是和她們秉持同樣想法的一員，因此她們十分親熱的邀請菲莉亞一起去學校食堂吃晚飯。

菲莉亞當然也沒有主動去和那個一看就很難相處的大小姐瑪格麗特親近的打算，因此被麗莎她們接納反而鬆了口氣。

冬波利的學生宿舍也有廚房，學生們閒暇時也可以自己到冬波利集市上去買菜做飯，但大多數時候還是會選擇學校提供的學生食堂。比如今天，吵過架、打掃過環境以後，無論是誰都沒有心情再自己做飯了。

在食堂，菲莉亞又暗暗為王國之心的伙食價格吃驚，她從不知道一碗湯可以那麼貴，簡直是南淖灣的幾倍。

父親留下一大筆生活費給她的時候，菲莉亞還被嚇了一跳，認為這完全是小題大做。但現在，她明白父親的估計是準確而必要的了。

不過，除了菲莉亞以外，似乎沒有任何人覺得這個價格有問題。

重新回到寢室時，天已經黑了。

「我們準備去麗莎的房間聊一會兒天，菲莉亞，妳要一起來嗎？」一個女孩邀請道。

菲莉亞搖了搖頭。

她今天實在很累了，不管是旁觀她們吵架還是遇見卡斯爾，都極大的消耗了她的精力。其他人也不勉強她，吵吵鬧鬧的進了麗莎的房間。

然而，菲莉亞在房間裡坐下還沒有一會兒，外面又傳來敲門聲。

「那個，怎、怎麼了嗎？」菲莉亞以為是麗莎她們有什麼事忘了說，因此一邊大聲、一邊跑著去開門。

誰知，一看到外面的人，她就愣住了。

竟然是瑪格麗特．威廉森！身後還跟著她的兩個跟班。

菲莉亞一見到比較強勢的人，舌頭就打結得比平時還厲害，頓時有點呆住，道：「妳、妳有、有事嗎？」

瑪格麗特的表情十分冷淡，甚至可怕。她那雙湛藍的眸子死死盯著菲莉亞，問：「上午來找妳的人是卡斯爾．約克森？」

「是、是的。」菲莉亞緊張的回答，「怎、怎麼了嗎？」

——難、難道大小姐也是卡斯爾的擁護者嗎……

但這個念頭剛剛在腦海裡浮現出來，菲莉亞就自己飛快的否定掉了：不可能的，不可能的，大小姐這麼冷淡的人怎麼會和其他人一樣為卡斯爾．約克森發瘋。

誰知道，下一秒，菲莉亞就感到一陣涼風從耳畔擦過，帶著破竹般的氣勢。

橫在她臉側的是瑪格麗特出鞘的寶劍，現在，那柄寶劍正深深的插在菲莉亞門邊的牆中，一道裂痕從劍身蜿蜒而出。

「離卡斯爾．約克森遠點，除非妳想當我的對手。」瑪格麗特一字一字冷冷的說道，那雙眼睛看上去並不是開玩笑。

她的跟班也一左一右上前。

娜娜：「沒錯！這個世界上只有瑪格麗特大小姐能配得上卡斯爾少爺！妳這種鄉下來的土包子就別在這裡丟人現眼了！」

溫妮：「丟人現眼！丟人現眼！」

娜娜：「卡斯爾大人是不可能看上妳這種一無是處的女生！瑪格麗特大小姐又漂亮又有才華，妳連她一根手指都比不上！」

溫妮：「比不上！比不上！」

娜娜：「所以，妳對卡斯爾少爺所有的想法都是一廂情願的痴心妄想！」

溫妮：「痴心妄想！痴心妄想！」

菲莉亞：「……」Σ(っ°Д°;)っ

——騙人！

——瑪格麗特竟然真的也是卡斯爾的崇拜者？！

——騙人！！！

菲莉亞感到自己的靈魂在一定程度上受到了巨大的衝擊。

不知是不是錯覺，瑪格麗特那玫瑰般的臉頰在娜娜和溫妮開口後，就浮現出了不正常的紅暈。她尷尬的清了清嗓子，才對菲莉亞道：「……差不多就是這個意思。」

菲莉亞太過於震驚，以至於除了呆呆的望著她、張了張嘴之外，一句話都說不出來。

「總之！」瑪格麗特沒有等到對方的回話，於是定了定神，自顧自的說道：「從今天開始，妳，菲莉亞．羅格朗，就是我的對手！我是不會手下留情的，妳最好有心理準備。」

溫妮：「心理準備心理準備！」

「閉嘴。」

「噢……」

「那——」個……

然而，菲莉亞還沒來得及說話，瑪格麗特已經一把拔出了插進牆裡的長劍，轉身走回對面房間，「砰」的一聲把門關上了，只留給呆滯在原地的菲莉亞一個美麗的背影。

菲莉亞：我、我和卡斯爾真的不熟，真的啊！QAQ

第七章 校園生活正式開始

因為不知怎麼的就成了瑪格麗特．威廉森的對手，菲莉亞在開學、入住宿舍的第一個晚上就沒有睡好。

——怎、怎麼辦……

——雖然完全不明白怎麼回事，可是瑪格麗特．威廉森大小姐什麼的……明顯很厲害的樣子啊！QAQ

——哥哥……我是不是惹麻煩了……

菲莉亞不知道該怎麼處理，她能想到的最快的辦法就是去找歐文求助。在她看來，歐文冷靜又聰明，在遇到那隻大貓的時候會第一時間拉著她跑，一邊跑還能一邊攻擊對手，歐文真的很厲害！

於是，菲莉亞謝絕了麗莎邀請她和其他人一起吃早飯的提議，空著肚子從東區跑到西區，直接去找歐文。

在學校醫院的時候她和歐文就交換了寢室號碼，因此菲莉亞找到歐文住的地方並不費力。但她在門口徘徊了一會兒，始終不敢敲門。

——因為這種小事來找歐文會不會被討厭啊……

——果、果然還是回去吧……

眼見上課時間馬上就要來不及了，菲莉亞也不想第一天上課就遲到，因此洩氣的準備去教學區。就在這時，歐文宿舍的大門打開了。

「菲莉亞，妳怎麼在這裡？」歐文驚訝道。

「來、來找你……」菲莉亞慌張的說著，還不小心咬了一下舌頭。

歐文其實昨晚睡得也不好，他很在意菲莉亞和卡斯爾竟然關係很融洽這件事，同時也很在意為這件事而心煩意亂的自己。

不過，在菲莉亞說出來找他的這句話時，歐文發現自己奇蹟般的完全不在乎昨天的事了，心情頓時好了起來，即使說是如沐春風也不為過。

於是歐文果斷的回頭對室友道：「你們一起走吧，我先走了，我有朋友來找我。」

迪恩硬是把腦袋擠了出來，看了一眼，說：「咦？這不是菲莉亞嗎？你肯定她是來找你的嗎？菲莉亞說不定是來找我的呢。」

「也可能是來找我啊。」奧利弗不服氣的聲音從屋內傳來。

菲莉亞連忙擺手糾正：「那、那個，我來找歐……」

歐文已經把迪恩的腦袋塞回了門裡。

「我們走吧。」他鎮定的將門一關，將所有的嗷嗷直叫遮罩，握著魔杖走向菲莉亞。

歐文是魔法類的學生，菲莉亞是物理類，他們並不是同一個班的。不過，勇者大部分都不是以獨行俠身分行動的，只有一個團結強大、默契分工合理的勇者團隊才能幹掉強大的敵人，因此大多數勇者在畢業後會和不同職位的勇者組合成團隊。

冬波利學院作為海波里恩最出色的勇者學校，當然不會忽視團隊的重要性。學校為學生們安排了很多共同必修的課程，讓不同專業的學生也能互相接觸、培養感情，最好在學校中就遇見能夠彼此依靠一生的夥伴。

歐文和菲莉亞今天就是去上一門共同必修的課程——介紹學校制度和環境的公共課。一路上，菲莉亞將她宿舍裡發生的事，包括麗莎和瑪格麗特的水火不容、瑪格麗特因為卡斯爾而向她宣戰，都告訴了歐文。

倒不是真的希望歐文能給出什麼立即見效的方案，菲莉亞其實只是希望能有個人和她分擔一下憂慮而已。果然，全部都說清楚以後，菲莉亞覺得輕鬆多了。

歐文則確實真心實意的想要幫上菲莉亞。他考慮了一會兒，道：「麗莎身上發生的事，迪恩他們後來也跟我說過……唔，妳等我幾天，我會幫妳想辦法的。」

稍微停頓幾秒，他又擔憂的補充道：「現在妳盡量不要離瑪格麗特太近，小心一點。」

菲莉亞連忙點頭答應。

想了想，菲莉亞又坦誠的對歐文道：「其實我覺得瑪格麗特和卡斯爾很相配。他們的出身很好吧？長相又出眾……瑪格麗特為什麼要把我當作對手呢？我覺得他們才是一對啊……」

聽到菲莉亞這麼說，歐文心裡又莫名的舒服了幾分。

▶◇◀◎▶◇◀

第一天只有上午一堂共同必修課，也就是講講學校規章制度，還有在學校裡的生活設施以及緊急情況發生的處理辦法，最後下發了個人課表。

這一年整個冬波利入學的勇者類新生大約只有幾十個人，被分為物理系和魔法系兩個類別，同時也是兩個班級。但即使是同一個班的同學，由於使用的武器不同，教導的老師和參加的課程都是有差別的。比如菲莉亞主要的授課老師是尼爾森，而使用劍的瑪格麗特，老師則是漢娜。

歐文的主要教師是查德，據說是因為查德教授較擅長冰、水、風一類的魔法——大部分魔法師親和的元素都不是只有一種，像歐文這樣只親和冰元素的，在正常人類裡是極少數。

總之，第一天的課程內容相當無聊，歐文一直懶洋洋的沒怎麼聽。

好不容易，在那個據說是校長的大鬍子講完話以後，歐文就用最快的速度跑回了宿舍，躲進自己的房間裡。

歐文很清楚自己對於人類和所謂的人際交往都不是很瞭解，光憑他想要為菲莉亞出謀劃策都覺得太難了。他想來想去，決定問問他認識的人裡最聰明而且可能比較有經驗的一個。

當然不是他爸大魔王。_(:3)∠)_

是魔后。

於是歐文將菲莉亞上午告訴他的內容全寫成了一封信，用魔法發給他的母親。

母親的效率一向很高，但這一次不知怎麼的，歐文等了半個小時才終於收到一封簡短的回信，回信人還不是他母親——

親愛的兒子：

你說的這件事很顯然是校園生活裡常見的橋段，想不到你的同學這麼快就碰上了。按照一般套路，接下來那個針對你朋友的女生會繼續做出往你朋友頭上放蟲子、課桌上塗鴉、鞋裡放釘子之類的行為，然後你說的那個紅毛就會出現並且救她於水火，以此來增加彼此的信賴感和情感。你不用擔心，你朋友最後的結局肯定會和那個紅毛永遠幸福的生活在一起，而那個女生則會有個悲慘的下場。

還有，下次請不要在我跟你媽媽探討生命和宇宙的問題時寫信過來。我們還要繼續討論，所以這封信請千萬不要回信。回信的話就打死你。

愛你的爸爸　大魔王

歐文：「……？」

生命和宇宙的問題？那是什麼？

他們兩個是會做這種好像很嚴肅的事情的人嗎？

不過歐文沒有在意這種奇怪的小事太久，他的注意力很快就被「你朋友最後的結局肯定會和那個紅毛永遠幸福的生活在一起」這行字吸引了。

菲莉亞和那個紅毛幸福的生活在一起？

歐文頓時覺得這行字分外刺眼。

▶◇◀◎▶◇◀

另一邊，菲莉亞卻在被瑪格麗特宣戰的忐忑不安中度過了一個平靜的下午。

上完課回來以後，瑪格麗特就自顧自的回到房間裡去了，之後的午餐、下午茶、晚餐都是由她的跟班替她做好，然後恭恭敬敬的送到房裡去。

當宿舍裡有人用「竟然不去吃食堂真是矯情」來嘲諷大小姐的時候，她的跟班立刻用一副難以置信的表情以及「大小姐怎麼能吃學校食堂裡那種下賤的食物這簡直是在侮辱大小姐的人格」來進行回擊，於是剛從食堂回來的麗莎和她的朋友們看上去都活像吞了一隻蒼蠅。

不過，除此之外，宿舍中再沒發生別的摩擦，瑪格麗特連個眼神都沒丟給菲莉亞過，這反而令她鬆了口氣。

▶◇◀◎▶◇◀

入學的第三天，菲莉亞的校園生活終於正式開始了。

菲莉亞的室友裡有三個是魔法系的，分別為麗莎、瑪格麗特的跟班溫妮和一個短髮女生，另外幾人都是物理系。其中瑪格麗特用劍，她的另一個跟班娜娜雖然身材纖細，卻出人意料的是個重劍士，另外兩個女孩則是弓箭手和刺客。

出門之前，菲莉亞和麗莎她們互相交換了課表。

「妳的導師是尼爾森？！真看不出來……妳竟然是重劍士或刀客？」

看過菲莉亞的課表後，她們都表示很吃驚。

「誒？」菲莉亞不太理解她們的問題，「不、不是啊……」

「可是尼爾森的學生全部都是重劍士之類的強力量型勇者學生啊。」短髮女孩將魔杖抵在下巴上，十分好奇的問道：「妳的武器是什麼啊？」

「鐵、鐵餅……」

「鐵餅——？？！！」

最後，菲莉亞就在室友們「這年頭竟然還有人用鐵餅」的震驚目光下，尷尬的拖著她的武器去了教學區。

菲莉亞的室友們說得沒錯，尼爾森教授的學生全部都是側重於強力量型的，因此，作為一群力量型未來勇者的導師，尼爾森自己也絕不可能是個弱雞。

縱然之前已經在考場見過尼爾森，第二次見面，菲莉亞還是被自己未來六年的指導老師的外形嚇了一跳。

尼爾森非常高大，先前在考場時他是坐著的，因此還不算太引人注意，可此時他站在場地中間，後背挺得筆直，淨身高恐怕有二點三公尺以上，肩膀很寬，一塊塊肌肉從腹部、手臂、大腿上有力的鼓出來，無處不宣告著自己可怕的力量，一動不動的時候，簡直猶如一道強硬的高牆。

菲莉亞還沒有上課，已經張大了嘴。

儘管新生中力量型的學生不多，但一年級和二年級同一個導師的學生是一起上課的，因此場地上聚集的人倒也不少。

菲莉亞還碰見了先前一起組隊的奧利弗，他是重劍士。奧利弗顯然也沒想到能在這裡碰上菲莉亞，稍微吃了一驚，他先前還一直認為菲莉亞是弓箭手。

看人差不多齊後，尼爾森開口了，他的聲音就和外表一樣粗狂而有力，如同雷鳴：「二年級的學生自己練習一小時！一年級的學生跟我來！你們今天是第一次上課，我想要知道你們每個人具體的水準，所以先做一個小測試。現在，你們把自己的武器拿出來！」

老師話音剛落，大家都拿起了武器。

菲莉亞小心翼翼打量了一下周圍的同學，他們有的拿出劍、有的拿出刀，但不管是刀還是劍，都有大而重的共同特點。奧利弗那柄重劍豎起來的時候，都快比他人高了。

果然沒有人用鐵餅。

所有人都拿好武器後，尼爾森讓他們按照高矮排好隊。

力量型勇者大多高大，這一點在新生身上已經體現了出來。尼爾森這裡的學生多半人高馬大，個個魁梧非凡，像菲莉亞這種嬌小型身材的實在少見，於是她不出意外的排到了第一個，娜娜緊跟在她後面。

菲莉亞甚至聽到有人在問「她是不是來錯地方了」。

尼爾森教授倒是一派鎮定，他將菲莉亞引到一個靶子前，道：「抱歉，我們學院已經很久沒有收到用鐵餅的學生了，所以前年剛剛撤銷了鐵餅的場地……我昨天幫妳搭了個臨時的，妳先將就著用一下吧。」

「謝、謝謝……」菲莉亞吃驚於尼爾森作為教授會親自替她搭場地，同時又忍不住感動起來。

「不客氣。」尼爾森低頭看了看菲莉亞，她顯得十分緊張。

——唔，不錯，明明天賦很高，開始學習的時候卻還是很謙虛謹慎的。

——雖然她在考場上顯得比較傲慢，但這大概也是為通過考試的策略吧？

尼爾森越看越滿意，在心裡默默的對菲莉亞點點頭。

他指導道：「等一下妳不對準那個靶子扔也沒有關係，用最大的力氣扔出去就行，我要判斷一下妳目前能夠扔多遠。」

「好、好的。」

菲莉亞其實對自己靶子的命中率不太有自信，聽到尼爾森讓她只要盡量扔遠就行，胸腔裡的壓力頓時小了許多。

她抱著鐵餅慢慢走到尼爾森示意的地方。

尼爾森道：「妳可以在扔之前大喝一聲來蓄力，不要緊的。」

於是菲莉亞深呼吸一口氣，氣沉丹田，奮力一吼：「嘤嘤嘤！」QAQ

鐵餅應聲飛出，在空中劃過一道悠長的曲線，最後重重的砸在尼爾森在臨時鐵餅場地邊緣設置的鐵皮牆上，將鐵皮硬是砸得凹進去一大塊。

頓時，場地內鴉雀無聲。

尼爾森在考場裡見識過菲莉亞扔鐵餅，算是唯一一個有心理準備的人，他在名單上淡定的記了幾筆，拍拍菲莉亞的肩膀，讚賞道：「不錯，繼續努力。」

接著就輪到排在菲莉亞後面的娜娜，她的那柄重劍簡直和自己的身體一樣寬，但娜娜卻面不改色的舉了起來，按照尼爾森讓她做的，重重的和導師對砍。

「砰！」

尼爾森的重刀和娜娜的重劍死死地咬在一起，一剎那，菲莉亞甚至感覺到大地都震動了一下。

——好、好厲害……

雖然娜娜是瑪格麗特的跟班，但是能夠考進學院，果然還是有本事的啊……

但是尼爾森卻收了刀，對氣喘吁吁的娜娜道：「氣勢有餘，力道不足……我感覺妳不是很適合練重力量類的武器，妳要不要考慮換一種？我可以去和伊蒂絲或者漢娜說說，妳轉到她們那裡去。」

「不、不用。」那一劍已經耗盡了娜娜的體力，她上氣不接下氣，卻極為堅定的拒絕。

接下來，學生們一個一個上前和尼爾森過招，有些基礎不錯的學生，尼爾森會讓他們多砍幾下，看看發揮是否穩定。不知不覺，半個上午就過去了。

忽然，自主練習的二年級生那裡喧鬧了起來。

「卡斯爾，你終於來了。今天漢娜那裡怎麼樣啊？」

「你等一下還要去希勒里那邊吧？雙專業真是忙啊……現在再加修一門重劍，你忙得過來嗎？」

「哈哈哈，雖然和你一起上課我是很開心，不過等一對一練習的時候我是不會讓你的！劍術和魔法比不上你我認了，重劍你可別想輕易超過我！」

從嘈雜的人聲中聽到卡斯爾的名字，菲莉亞心臟一跳，下意識的就轉頭望過去。不過，她這麼做並不顯眼，因為幾乎所有人——包括正在和尼爾森對招的學生——都一齊拉長脖子望向二年級的方向。

就連尼爾森教授都暫時停下揮舞巨刀的動作。

卡斯爾果然站在那裡，而且看上去無比醒目。不只是因為個頭高、頭髮紅，有些人似乎就是天生有著引人注目的氣質，存在感極高，即使混在臉一模一樣的人群中也能一眼被挑出來，就像人們不可能忽略夏天的太陽一樣。

他正和幾個男孩子勾肩搭背，自然的互相用拳頭捶擊胸口。

菲莉亞忽然發現，即使這個世界上有很多人都是紅髮，但這些紅髮卻還是有著巨大的差別的。卡斯爾的頭髮就是紅髮中最耀眼絢爛的一種，別人無法取代。

連尼爾森教授臉上都露出欣慰滿意的微笑，他抬起手臂，朝卡斯爾的方向揮手，大聲吼道：「喂，到這裡來，卡斯爾！你是第一年修重劍，待遇和新生一樣！」

卡斯爾在遠處比了個「好的」的手勢，笑著鬆開他的朋友，一點都不覺得尼爾森將他和新生塞在一起很沒有面子。

反而二年級學生們還在拿這個開玩笑。

「哈哈哈，快滾吧，跟我一樣大卻還在修一年級課程的天才！」

「你要乖乖叫我學長了，大天才卡斯爾！」

卡斯爾大笑著用無傷大雅的力道踹了損他的同學一腳，這才跑到尼爾森這邊來。他正想到隊伍最末尾去，尼爾森卻攔住了他。

「今天我只準備測試一下能力，費不了太多時間。你等一下還要去希勒里那裡練魔法，先來吧。」

「哦，好的。」

他走上前，對被他插隊的同學低聲說了句「抱歉」，取下先前扛在背上的巨劍，擺好姿勢站到尼爾森對面。

尼爾森道：「事先說好，我總聽漢娜和希勒里誇你是難得一見的天才，我也見過你用劍和魔法，不得不承認你確實在這兩方面做得很好。但是，我這門課和他們不一樣，如果沒有極度強健的體魄，再好的天賦也不能支撐你揮舞幾分鐘巨劍。所以，如果你做得不好，我可不會給你留情面。」

「哦！正合我意。」卡斯爾露出兩顆虎牙，眼中已經燃起了戰意。

「好，那你砍過來吧！」

尼爾森一下令，卡斯爾便拖著巨劍飛快的跑起來，巨劍的銳刃在地上拖出一道深深的劃痕，然後卡斯爾藉著奔跑的慣性一躍而起，高舉起巨劍從上而下對著尼爾森迎頭砍下！

「轟！」

菲莉亞差點以為是他們武器交會的一剎那地震了，等她一回頭，就看到好幾個學生已經被震得坐在了地上，連二年級都停下手中的練習，拚命想看清楚這裡發生了什麼。

一刀完後，卡斯爾矯健的落到地上。

「怎麼樣？」他爽朗的笑著道：「我盡全力了。」

尼爾森的臉上也有笑意，他還從來沒有和一個學生過招的時候手被震到發麻，難怪漢娜那種個性的傢伙都維護卡斯爾維護得這麼厲害，真是個讓人熱血沸騰的學生啊。

「哈哈哈哈！看來去年漢娜沒有白教你，重劍和劍雖然重量差很多，但許多使力技巧都是一樣的……你竟然還知道根據重劍的特點隨機應變。」尼爾森高興的拍著卡斯爾的肩膀，比起對其他學生的態度，他對卡斯爾彷彿更像對一個朋友，「我要說不錯！但小子，你可不要過早就驕傲了！你還有很多東西可以學的！要三個專業都兼顧，可不容易啊……」

卡斯爾聳聳肩，道：「我知道。但我覺得只有瞭解所有武器的特點和特性，才能讓不同類型的勇者在他們最合適的位置上……唔，況且我也需要知道，我自己到底最適合什麼。」

換別人說這話，或許會讓人覺得傲慢。可說話的人是卡斯爾，大家都只覺得理所當然。

他將來注定會是一個勇者團隊的領袖和核心的。

世界上有一種人，生來就是領導者。

尼爾森越發大聲的哈哈大笑著，用力捶了捶卡斯爾的肩膀，才讓他離開去找希勒里上魔法課。

卡斯爾自然的向尼爾森道謝，然後準備離開。不過，他在路過菲莉亞站的地方時，稍微停了停。

「喲，難怪在劍術課上沒有見到妳，原來妳是強力量型的學生。」卡斯爾友好的向菲莉亞打招呼，「我是今年新修這門課，所以應該會和你們一年級一起上。唔……想不到正好是和妳一起，這下完成姑姑的任務就方便多了，我運氣真不錯啊！」

卡斯爾離得這麼近，菲莉亞又有點緊張起來，臉漲得通紅。

他低頭看了看菲莉亞抱在懷裡的鐵餅，笑了一下，說道：「原來妳的武器是鐵餅啊，唔……這個我不會，改天讓我見識一下吧！」

女生修強力量型是很少的，比如這裡的一年級生裡只有她和娜娜兩個女孩，另外二年級還有一、兩個女生，別的就沒有了。儘管海波里恩是個崇尚力量的社會，但女生使用重刀重劍仍然引人側目，更何況菲莉亞用的還是這年頭幾乎沒人用的鐵餅。

卡斯爾金色的眼眸因為微笑而瞇起，他的目光卻沒有一點異樣，彷彿她拿的是世界上最正常的武器。

菲莉亞感覺自己的心臟猛地收縮。

一瞬間，她明白了洛蒂、瑪格麗特和其他室友對卡斯爾的所有憧憬和崇拜。

第八章 誰是小偷？

在冬波利的時間過得很快，一眨眼，開學的第一個月就過去了。菲莉亞也終於把宿舍裡所有人的名字都記熟。除了麗莎、瑪格麗特大小姐及她的兩個跟班以外，另外三個人分別是南茜、貝蒂和凱麗。

南茜是個性剛烈的短髮魔法系女生。一頭銀髮的貝蒂是弓箭手，老師是伊蒂絲，她的性格比南茜好不了多少，在宿舍裡和瑪格麗特爆發的幾次爭吵，基本上都是她和南茜一唱一和。凱麗倒是十分溫和，主修是刺客，使用匕首，老師也是伊蒂絲。

這一個月裡，由於被瑪格麗特宣戰，菲莉亞總是惴惴不安的。不過，她漸漸發現瑪格麗特其實沒做什麼為難她的事，也就是在每週一次的學生切磋上次次選她當對手，還有在上共同課程的時候堅決要拿到比她高的評價。

對於成績，菲莉亞並不介意自己被壓倒。反倒是南茜和貝蒂，不停的對瑪格麗特挑釁菲莉亞的行為抱不平。

在這種環境下，宿舍裡徹底分成了兩個陣營——瑪格麗特派和麗莎派。

瑪格麗特派當然只有她本人和她的跟班，麗莎派則是宿舍剩下的其他人。菲莉亞本人倒是沒有和瑪格麗特作對的意思，但瑪格麗特對她發起的局部戰爭顯然已經成為了宿舍大戰的重要組成部分，並不是菲莉亞單方面想要停止就能停下來的。

這一天，南茜吃完晚飯後，消磨時間的活動又是吐槽瑪格麗特。

「為什麼偏偏是我們和那種人分在同一棟宿舍裡？」她雙手環胸，極不情願的說：「其他貴族家的子女就沒有一個像她那麼傲慢！妳說，麗莎不也是伯爵家的小姐嘛？她卻比瑪格麗特謙虛低調多了。」

南茜對瑪格麗特的挑刺實際上說來說去都是同一件事，她不喜歡瑪格麗特的傲慢。每次一說到瑪格麗特的目中無人，南茜就要把麗莎拖出來做對比。菲莉亞聽得多了，幾乎可以光憑上句猜出下句，但南茜自己似乎渾然不覺，菲莉亞也不喜歡做讓別人不愉快的事，因此只好無奈的笑著聽她繼續說。

南茜道：「妳看她今天上課又那個樣子！生怕誰不認識她似的！那麼簡單的問題，答出來很了不起嗎？」

今天上的是整個勇者類都在一起的理論課，瑪格麗特回答問題是為了和菲莉亞競爭，她每答一題都要回頭看一眼菲莉亞，菲莉亞被她看得差不多整個人都縮在了桌子下面。_(:3)∠)_

儘管瑪格麗特一臉對她大失所望的樣子，但、但她真的不喜歡舉手發言啊！

「那個、其實……」菲莉亞張口想替瑪格麗特解釋，「瑪格麗特是因為想和我競……」

「咦，麗莎，妳怎麼呆呆站在這裡？出了什麼事嗎？」南茜並沒有聽菲莉亞在說什麼。

菲莉亞順著南茜的目光看過去，發現麗莎果然一臉憂鬱，一手搓著手臂，似乎有些慌張的樣子。

她道：「沒什麼……只是我的項鍊好像不見了。」

「妳祖母給妳的那條項鍊？！」南茜的臉色一變。

麗莎憂愁的點了點頭，「我房間裡都找遍了，好像沒有……我不記得我放哪裡了。」

南茜猛地站了起來，衝動道：「肯定是瑪格麗特那傢伙！她偷妳一次就會偷第二次！我看她改叫小偷大小姐算了！」

這時，連旁邊的貝蒂都聽不下去，張口道：「妳也別什麼帽子都扣到瑪格麗特頭上。她家那麼有錢，不可能看上麗莎的項鍊吧？」

麗莎臉色稍微一白。

南茜生氣的反駁：「妳可別忘了，貝蒂，那傢伙是慣犯！」

「但那個時候，就算她是大小姐，沒鑰匙也不能入學；現在她想要項鍊的話，直接把錢砸在我們臉上不就好了？」

南茜一時語塞，她憋了一會兒，怒道：「反正我的直覺告訴我，偷東西的事情一定是她做的！我不管，我現在就要上去搜一下！她要是問心無愧，肯定不會介意這種事吧？」

「等——」

一聽這話，菲莉亞、貝蒂，還包括一言不發的凱麗，都下意識的想要阻止她。奈何南茜的動作比腦子快，沒等她們將話說出口，她已經奔上二樓。麗莎連忙跟過去。

剩下的三人互相交換無奈的目光，都嘆了口氣。

凱麗道：「我、我們也上去看看吧？以南茜的個性，我怕鬧出事情來。」

貝蒂頭痛道：「是一定會弄出事情來的，唉……我們快上去吧。」

等菲莉亞和她們一起追到樓上，正好看到麗莎站在南茜背後，南茜狂拍瑪格麗特的門，然後瑪格麗特把門打開的一剎那。

瑪格麗特微微蹙眉，神情冷淡，問：「有事？」

「麗莎的項鍊不見了，我要到妳房間裡去找找看！」南茜開門見山道。

瑪格麗特眉頭擰得更深，「……關我什麼事？」

南茜也不想跟她多說，硬是擠開瑪格麗特進了房間。瑪格麗特倒也沒阻止，一直靠在門邊，面無表情的看著南茜翻了個底朝天。

南茜當然什麼都沒有找到，於是她的臉色很難看。

瑪格麗特說：「沒找到的話，就把我的東西都恢復成原樣。」

「……抱歉。」南茜也終於冷靜下來，如同從頭上澆下一盆冷水。

瑪格麗特略一點頭，然後轉頭看向菲莉亞，道：「妳也覺得是我拿的？」

被點名的菲莉亞愣了一下，搖頭說：「沒有，怎麼會。」

「嗯。」瑪格麗特平靜的應聲，稍微一頓，又道：「南茜收拾的時候，我去妳房間。」

——為什麼是到我房間？

菲莉亞又是一愣，還不等她點頭，瑪格麗特已幾步走到她房門前，自行開門邁了進去。

菲莉亞倒不是不同意瑪格麗特進她房間，只不過她們兩個之間好像並不是什麼友好的關係，她還以為瑪格麗特不會想要進入她的房間內的。

貝蒂同情的拍了拍菲莉亞的肩膀。

而這時，麗莎卻越過了瑪格麗特的肩膀，將視線投入菲莉亞的房間內，然後露出了吃驚的神色。

「我的項鍊！怎麼在妳這裡？」

「誒？」

菲莉亞也吃了一驚，順著麗莎的目光往裡看，果然看見她自己的桌子上大剌剌的擺著一條嵌著綠寶石的項鍊，正是麗莎經常佩戴的那一條。

麗莎也顧不得禮貌或者風度，她找這條項鍊找了差不多一個下午，現在竟然在菲莉亞的桌上找到，實在難以言喻是什麼心情。

其實她之前不是完全沒有懷疑過菲莉亞，從發現東西不見後的第一個小時起，她就控制不住的在思考會不會是宿舍裡的誰拿了她的項鍊，而且越看越覺得誰都有嫌疑，其中嫌疑最大的就是瑪格麗特和菲莉亞。

瑪格麗特就不用說了，她們從開學第一天起就不對盤，但如果說是她拿了項鍊……麗莎又覺得她作為威廉森家的大小姐確實不會垂涎她的東西。可菲莉亞不一樣，宿舍裡所有人都知道她出生於貧窮落後著稱的南淖灣，家境也極其普通，平時連吃飯都很小心翼翼，好像生活費十分不夠用的樣子。

儘管菲莉亞平時好像並不注重著裝打扮，對女孩子都有的首飾也很少露出興趣，但是仔細想想……她不是不注重衣裝，而是根本沒有吧？

如今從菲莉亞的桌上找到項鍊，麗莎忍不住覺得自己的猜測真是每一寸都被落實了。

原本在收拾瑪格麗特東西的南茜聽到動靜，也站了起來，走到門口，神情一臉震驚。

「菲莉亞……竟然是妳？！」

沒想到小偷人選一下子變成了她，還是人證、物證都有的情況，菲莉亞一下就懵了，她本來就不善言辭，頓時有一種百口莫辯的感覺。

可、可是那條項鍊，為什麼會在她桌子上呢？

菲莉亞自己都想不通。

南茜恨鐵不成鋼道：「菲莉亞……怎麼會是……我們知道妳家境不好，但也不至於……嘖！我真是看錯妳了！」

麗莎想了想，也說：「事實上我不缺項鍊，除了這條……這是我祖母給我的，別的妳喜歡的話，送妳一些也沒有關係。下次不要再這樣做了。」

說完，麗莎頓時覺得心裡舒服許多，某種意義上也有了些優越感。

菲莉亞會偷她的東西，肯定還是因為羨慕嫉妒她。即使和卡斯爾有些不知道多遠的關係又怎麼樣呢？果然她只不過是個鄉下來的土包子罷了。

感覺她們已經下了定論，越來越說不清了。菲莉亞自己都有點驚訝於她竟然還沒有被嚇哭，反而在這種局面下，不知從哪裡鼓起了勇氣。

「我、我沒有拿過！」菲莉亞急道，「我不知道它為什麼在……」

她話還沒有說完，另一個人動作卻比她更快。

瑪格麗特如同箭一般乾淨俐落的射了出去，猛地襲向並肩站在一起的麗莎和南茜。她腰側銀光一閃，下一秒，麗莎和南茜之間的牆已經被劍刺出一個深深的窟窿。

瑪格麗特眉目微蹙，神情依舊冷淡。

「妳們，在懷疑我的對手？」

瑪格麗特的劍光刺過來的時候，南茜的瞳孔瞬間放大，有一秒，她還以為自己真的要死了。當然，發現沒死的時候，方才的驚懼都瞬間化作了怒火。

「妳幹什麼？！」南茜大叫道，「會用劍很了不起嗎？！貝蒂！去幫我拿一下魔杖！今天我要跟這個傢伙——」

「冷靜點，南茜！」貝蒂一把扣住她的肩膀，「妳怎麼做事情都那麼衝動？妳就沒想過可能是瑪格麗特拿了麗莎的項鍊，然後栽贓陷害菲莉亞嗎？」

的確完全沒有想過。

南茜頓時呆住，然後氣惱的手指直指瑪格麗特，道：「是這傢伙陷害菲莉亞？！」

瑪格麗特顯然很討厭被別人這樣無禮的指著，厭惡的越發皺起眉頭。

「所以說我只是打個比方。」貝蒂也對南茜有點頭痛，「妳就不能稍微動腦子想想嘛？

要是真的是她陷害菲莉亞，現在還幫她幹嘛？難道想讓菲莉亞愛上她嗎？！」

南茜立刻啞口無言，一臉的想不通。

其實不只是南茜，菲莉亞自己都一臉想不通，瑪格麗特打斷她拿著劍衝過去的時候，她就呆掉了。

瑪格麗特在自己房間進不去的時候決定進她房間，現在又主動幫她，還是那麼強勢的方式……話、話說憑她們是對手的關係，可是能做出這種行為的，難、難道不是朋友嗎？！

菲莉亞漲紅了臉，儘管她不喜歡給別人添麻煩，可也知道偷東西這種罪名絕對不能認，更何況她真的沒做這種事，她用力的反駁道：「項、項鍊不是我拿的！我也不知道它為什麼會在這裡……」

南茜眼見自己好像又弄錯了什麼事，而且這次還是一直一起玩的菲莉亞，有點尷尬，但依然狐疑未消的問：「真的不是妳？」

菲莉亞搖搖頭。

「那到底是誰？」南茜氣惱的問道，「不是瑪格麗特，不是菲莉亞，肯定也不是我，難道是麗莎自己把東西放到菲莉亞桌上去？！那不是只剩下四個人了嗎？！」

瑪格麗特瞇了瞇眼，說：「不會是娜娜和溫妮。」

「妳怎麼能肯定？！」

「我沒有讓她們這麼做。」瑪格麗特說得很有底氣。

瑪格麗特「我沒有讓她們這麼做所以她們肯定沒有做」的內在邏輯強硬的讓在場其他人都無言以對。

於是，眼看懷疑人都要燒到自己頭上了，貝蒂連忙道：「當然也不是我！妳知道的，南茜，我一直和妳在一塊兒。」

和南茜在一起時間最多的貝蒂十分瞭解她的性格，南茜就是個火藥包，一點就會炸的，而且根本不管對象是誰，所以她根本不敢刺激南茜。

「也、也不是我！」凱麗也連連擺手，先前她們吵得太凶她都不敢搭話，現在南茜都在瞪她了，她不敢再不開腔。

南茜道：「那不是根本沒有人嗎？！」

這一次，沒有再理她的話，所有人都面面相覷，似乎眼中都徘徊著隱隱的懷疑。

這件事好像針對了麗莎和菲莉亞兩個人，要說跟她們兩個都不對盤的對象就只有瑪格麗特了，可偏偏瑪格麗特這次幫了菲莉亞。

最後，貝蒂嘆了口氣，道：「算了，說不定只是我們中有人一瞬間做錯了事，如果沒有第二次的話就算了吧。反正麗莎的東西沒丟。」

也只能暫時先這樣了，大家都接受這個說法。

南茜看上去很不甘心，可她想破腦袋也想不出可能是誰。

瑪格麗特也點了點頭，看著南茜，冷淡的說道：「我房間還沒有恢復原樣。」

「我知道了！我知道了！」南茜顯然心情不好，「我會幫妳恢復的！嘖！」

瑪格麗特沒再說什麼，自顧自的又進了菲莉亞的房間。

菲莉亞：咦，還是要進我房間嗎？！

她連忙跟了進去。

因為剛剛受到刺激，她對門外的南茜、麗莎她們還有點心有餘悸，菲莉亞對她們稍微低頭打招呼以後，就小心翼翼的關上了門。

由於太過於緊張和害怕，菲莉亞的手其實還在抖，掌心裡全是冷汗。要是瑪格麗特不為她說話的話，她真的沒有把握自己能用這條蠢笨的舌頭讓南茜和其他人相信她沒有拿項鍊。

她很感激瑪格麗特。

「那、那個，瑪格麗特……大小姐？」菲莉亞試探著叫了一聲，她忽然發現自己並不清楚應該怎麼稱呼瑪格麗特，直呼其名似乎太親密了，喊大小姐又不對勁。

瑪格麗特雖然進了房間，但好像並沒有進一步的舉動，她只是靠在牆上閉目養神，聽到菲莉亞喊她，才緩緩抬起眼皮。

「妳可以叫我瑪格麗特，我們是對手。」她平靜的說道。

「那、那，瑪格麗特。」得到允許，菲莉亞終於鬆了口氣，「剛才，謝謝妳……」

對方漂亮的藍眼睛在她身上停留了片刻，才緩緩移開視線。

「不用。」瑪格麗特頓了頓，難得的為自己的話解釋了一下，道：「既然妳相信我，我也相信妳，只是交換而已。」

菲莉亞反應了幾秒，才意識到瑪格麗特指的是自己之前「不認為瑪格麗特拿了項鍊」的回答。

她只是心裡不認為而已，在南茜狂拍瑪格麗特房門的時候，她卻沒有阻止南茜的行動。反而瑪格麗特強硬、果斷的幫了她，只因為一句話。

菲莉亞很感動，也很羨慕。

她突然覺得瑪格麗特很帥。

「下、下一次！」菲莉亞努力的說：「若再有類似的事，我、我一定會幫妳阻止的！」

瑪格麗特想了想，說：「……用鐵餅扔嗎？」

菲莉亞：「……」

——對噢，我只會用鐵餅。QAQ

在瑪格麗特被誣陷的時候，她扔一塊鐵餅飛過去……總覺得哪裡非常奇怪……ORZ

菲莉亞第一次有了「要不我也試試看用劍吧」的念頭。

瑪格麗特用劍的姿態真是非常乾淨俐落，漂亮又乾脆，帶著難以言喻的美感。

不知道是不是因為瑪格麗特今晚說了不少話，還幫了她的忙，菲莉亞忍不住產生了「瑪格麗特實際上很好相處」的錯覺，她用不知從哪裡跑出來的勇氣問道：「那、那個，瑪格麗特，妳為什麼會喜歡卡斯爾呢？」

對卡斯爾抱有朦朧的憧憬是件正常的事，他長相出眾、天賦驚人，難得個性不傲慢反而十分親切，同時還有令人羨慕的家境。神似乎將這世上所有好的東西一口氣給了他，使得他只能接受普通人的仰望。

但瑪格麗特憧憬卡斯爾又顯得不那麼正常，因為卡斯爾所擁有的、在其他人看來遙不可及的一切，瑪格麗特同樣也擁有了。她有著並不遜色於任何人的美麗長相、顯赫的家室，而且一個月相處下來，菲莉亞也知道瑪格麗特是很優秀的，無論是理論課還是劍術。

對別人來說，卡斯爾或許是個高高的飄在雲端上的人，他們對他的迷戀不過是一種被淺層現象迷惑的膚淺感情，他們甚至沒有和他說過話。但對瑪格麗特來說絕對不是，她離卡斯爾很近，因此不一定會被他那些引人注目的要素折服。

那麼，吸引她的是什麼呢？

菲莉亞其實還沒有想到十分深入的地方，她只是單純的隱隱感到奇怪。

瑪格麗特好像沒想到菲莉亞會問這種問題，眼睛定定的注視著菲莉亞。

菲莉亞被盯得有點發毛，意識到自己可能問了什麼不合時宜的問題，連忙道歉：「對、對不起，我不該問的……」

就在她以為瑪格麗特不會回答的時候，瑪格麗特卻開口了。

「他救過我。」

「……啊？」

「去年，我考過一次冬波利，沒有通過。」瑪格麗特道：「第三輪考試的時候遇到了麻煩，他救了我。」

大小姐解釋了，雖然還是一點細節都沒有，但依然將菲莉亞炸得頭皮發麻。

——瑪格麗特去年考試竟然沒有通過？！

——她還被卡斯爾救了？！

——她是因為這樣的事喜歡卡斯爾？！

「不過……」瑪格麗特皺起眉頭，「其實我並沒有看清楚他的臉……我只看清他的眼睛是金色的。我去問過了，去年考試通過的人裡，只有卡斯爾是金色的眼睛。」

菲莉亞聽出了哪裡不對勁，「妳以前不認識卡斯爾嗎？」

菲莉亞並不是很清楚王國之心的家族勢力，只是不停的聽人提起卡斯爾和瑪格麗特出身可以比肩的世家，怎麼想都應該以前有交流才對。

瑪格麗特道：「不認識。我以前身體不好，不能出門……媽媽也不想帶我出門。」

「哦、哦……」菲莉亞吃驚的看著瑪格麗特。

在崇尚勇者的海波里恩，體質不好的人是會受到歧視的，病秧子非常不受歡迎，甚至會有點丟臉。

但是瑪格麗特現在看起來非常健康，劍也用得那麼好，完全不像曾經病重到無法出門的樣子……

菲莉亞好奇的又問道：「所以，那個時候是晚上嗎？」她為什麼會沒看清楚？

「白天。」瑪格麗特簡明的回答道，不過顯然聽懂了菲莉亞的問題。

她別過臉，面頰上泛起一絲紅暈，乾巴巴的說道：「我近視，不喜歡戴眼鏡。」

▶◇◀◎▶◇◀

宿舍裡又出大事，而且還聽到了和瑪格麗特有關的那麼驚人的消息，菲莉亞迫切的想要和人分享一下。但瑪格麗特肯定不希望那種涉及隱私的內容被到處亂傳，因此菲莉亞使勁按捺下分享欲，只和歐文分享了麗莎項鍊疑似被偷的事。

聽到菲莉亞被誣陷，歐文當然覺得相當生氣，可同時又有點疑惑的感覺……

——之前爸爸的確說過菲莉亞以後可能還會再遇到麻煩，幫她的人確實也是個紅毛，但是……不是說幫她的應該是卡斯爾嗎？！

——果然爸爸那個蠢貨還是不可靠。

想是這麼想，聽到不是卡斯爾幫的忙，歐文心裡還是覺得很高興，有種可以趁虛而入的感覺。

不過，想到自己父親還是猜對了菲莉亞會繼續被針對，歐文嚴肅道：「菲莉亞，所以妳們還沒有抓到偷項鍊的人？」

菲莉亞點了點頭，「感覺誰都不像小偷……」

其實她還有別的疑惑，小偷把項鍊放到她桌子上，似乎目標不是財物，而是針對她……

可是沒有理由呀，她又沒和誰結仇。

難、難道是單純的被討厭了？QAQ

歐文也想到這一重，說：「我覺得可能是有人針對妳。」

菲莉亞：「果、果然？」

「我覺得妳們的宿舍已經不安全了。」他低下頭思考了一會兒，然後抬頭，認真的說出自己的建議：「要不妳先搬到我們宿舍來？」

菲莉亞：Σ(っ°Д°;)っ

歐文：「……妳為什麼這麼吃驚的看著我？」

菲莉亞連連擺手，道：「這、這不太好吧？」

歐文不解的問：「為什麼不太好？」

菲莉亞：「……不、不知道……」等等，這個對話為什麼這麼熟悉？！

菲莉亞感覺對話再這樣發展下去，她就要像上次一樣答應什麼奇怪的事了。

——咦，我為什麼要說上次？！Σ(っ°Д°;)っ

總之，直覺有危險預警的菲莉亞拚命拒絕：「你、你們房間肯定沒有空的了吧？」

「妳可以和我住啊。」歐文覺得這不是什麼問題。

菲莉亞都快把自己憋窒息了，終於才憋出一句：「你們都是男生，只有我一個女孩住進去很、很奇怪……男、男女分開住肯、肯定是有原因的吧？」

「……」歐文抵著下巴思考了一會兒，「……妳說得有道理。」

總算拒絕了歐文，菲莉亞終於鬆了口氣。

可歐文依然覺得不放心。雖然他見過菲莉亞扔鐵餅，但總是生不起「這傢伙很強」的感覺，反而覺得她是那種在平地上走都要摔跤的……笨蛋。

於是，歐文叮囑道：「那妳平時離開房間的時候就把門窗都鎖起來，小心不要再讓人隨便進去了。」

這一點倒是很有用的建議，菲莉亞鄭重的點頭答應。

事實證明，歐文的判斷完全正確。

麗莎的項鍊並不是結束，而是開始。

菲莉亞每天都很仔細的鎖好所有能鎖的門窗再離開，可是這並沒有什麼用，宿舍裡其他人的物品依然隔三差五就從她房間裡長出來，而且不只是麗莎的東西，南茜、貝蒂、凱麗、娜娜、溫妮……宿舍裡所有的物品都輪著在菲莉亞的房間裡放了一遍，當她將瑪格麗特出現在她房間的配飾還回去的時候，頭都幾乎要埋到胸口了。

幸好瑪格麗特沒有用懷疑的目光打量她，只是默默的將東西收了回去。

宿舍裡的氣氛越來越緊張，儘管依然維持著表面上的和睦，但任誰都知道懷疑的空氣在四處蔓延。

作為漩渦中心的人，菲莉亞每天都如坐針氈，其他人的視線讓她覺得可怕。

這種時候，反而還是和瑪格麗特在一起舒服得多，至少瑪格麗特那種不管事情重複多少遍都絕對不動搖的態度讓菲莉亞覺得異常安心，所以她們的關係自然而然的好了起來，雖然瑪格麗特對這段關係的詮釋依然是「對手」。

於是，這段時間裡，菲莉亞得知了更多關於瑪格麗特的事。

比如，為什麼不喜歡出房間，即使吃飯都是跟班送進去？

答：因為怕自己走出來撞到牆或者從樓梯上摔下去。

瑪格麗特的兩個跟班是和她一起長大的，知道她以前身體不好以及視力不好的事。事實上，她們本來就是為了照顧嚴重近視卻又討厭戴眼鏡的瑪格麗特才陪在她身邊的。

菲莉亞發現瑪格麗特認為娜娜和溫妮才是所謂的「朋友」，所以有一次她試圖解除和瑪格麗特的敵對競爭關係、並轉變為友好關係時，瑪格麗特極其生氣，嚇得她再也不敢問了。

菲莉亞也問過瑪格麗特是怎麼在看不清楚的情況下練習劍術的，瑪格麗特的回答是「聽聲音差不多可以分辨」，讓菲莉亞崇拜了好久。

第九章 兒子，你喜歡她吧？

在緊張的氛圍下，十月、十一月、十二月消失在日升日落之中。

轉眼，當這一年冬天的雪花開始飄落的時候，大家都知道，雪冬節到來了。

雪冬節差不多是一年最重要的節日，象徵著一年的終結和下一年的開始，時間是從十二月份的第一場雪開始，到一月結束。因為下雪的時間帶有隨機性，所有雪冬節每年的長短都不是很一致。曾經有過幾年十二月份一直沒有下雪，於是大家只好帶著遺憾從三十一號那天才開始過節。

以前連各地放假的時間都不同，南淖灣因為地處南方幾乎從不下雪，假期十分吃虧。後來才漸漸統一成以王國之心地區內的第一場雪為準。

今年的雪花不早不晚，是在十二月中旬的一個上午降下的。當時冬波利還在日常上課，不知是誰第一個反應過來，高喊一聲「下雪了」，接下來整個學校都被瘋狂的歡呼聲覆蓋，各種武器、課本紛紛被扔上天空，差點砸上幾個未來前途無量的小勇者，大家也不管老師笑得滿臉無奈，全都狂奔回宿舍度雪冬假。

雪冬節有一個多月，住在王國之心的學生基本上都會回家。

這也意味著，瑪格麗特和她的兩個跟班都要離開。這令菲莉亞覺得害怕和擔憂，瑪格麗特目前是整棟宿舍裡對她的態度始終如一的人，她在心理上很依賴這個外在不好相處、但本質笨拙還有點內向的大小姐。

不過，也有幸運的事。

麗莎的家同樣也在王城，因此要回去。南茜和貝蒂倒不是出生在王國之心，南茜來自西方高原，貝蒂則是流月地區居民，本來也不能回家，但她們趁機約了一起去旅遊。凱麗則說要和麗莎一起去王城，好像是探訪家裡的親戚。於是，實際上留在宿舍裡的只剩下菲莉亞一個人，可能會有點冷清，但室友都不在反而能讓她從怪異的氛圍中喘口氣。

當天下午，麗莎、瑪格麗特和跟班們坐著馬車離開。第二天，凱麗、南茜和貝蒂也各自出發。宿舍裡只剩下菲莉亞一個人，最初一會兒她還覺得不習慣，但沒多久就發現了自由自在的好處，總算能放鬆下來。

留校的學生其實也不少，例如歐文。

為了防止這群留校的學生在放假期間發生意外，教師團隊把伊蒂絲留了下來。據說伊蒂絲教授是所有老師中唯一一個沒有任何親戚可以一起過節的人，所以每年都留下她。別看伊蒂絲平時懶洋洋的不成樣子，又是個無可救藥的顏控，但她實際上是真正把學校當成家、把學生當作親人的老師。

當然，這只是沒有根據的小道傳聞而已。

▶◇◀◎▶◇◀

其實魔族也過雪冬節，畢竟儘管文化信仰敵對，但雙方的宗教實際上是屬於同一神系，因此許多節日也是重複的。

甚至於，魔族對於雪冬節的狂熱遠遠超過人類。

魔族生存於常年積雪的艾斯，視所有結冰的地方為自己的故鄉，他們愛雪就像愛家鄉一樣，下雪的時候簡直全世界天地之間都是家鄉。十二月的艾斯將處於長達三個月的極夜之中，黑暗使這個信仰夜之女神的民族更為興奮。如果沒有意外的話，此時整個魔族都處於瘋狂的狂歡之中。

放雪冬假，歐文當然也十分高興。

不過，這倒不全是因為魔族對雪的喜愛。

他的室友裡也有不少王國之心的本地居民，以及一放假就想到處旅遊……啊不對，是到處冒險的文藝勇者。

宿舍裡同樣只剩歐文一個人，總算不用繼續疲憊的維持符合人類習俗的「親和友好低調完美室友」形象，能鬆一口氣了。

他必須時刻戒備的那個二年級卡斯爾也滾回家了。

而且菲莉亞留校，他們可以整天一起玩，真是再完美不過。

然而，這份完美的構想僅僅持續了很短的一段時間。

雪冬節開始的第三天，當他看清楚拖著行李箱出現在自己宿舍門外的男人時，他的內心是崩潰的……

——臥槽！爸爸你怎麼會出現在這裡！你不是大魔王嗎？！

——在勇者學校讀一年級，結果寒假的第三天早上發現門口站了一隻大魔王是怎樣一種感受？

即使是大魔王的親兒子，歐文也頓時產生了想要拔出魔杖親手幹掉他的欲望。

——混蛋你在這裡幹嘛？！

——你說！你說！

——還有你的政務呢？！我怎麼不記得雪冬節裡可以放假的職業包括大魔王啊混蛋！

大魔王爸爸拖著行李箱，嚴肅而深沉的望向漫天飛雪的天空，緩緩道：「我過來巡視國土，順便看看你。」

——就算魔族認為結冰的地方都是國土，你也不用真的過來吧？！

歐文呆呆的盯著他爸的臉看了一會兒，然後迅速決定關上門。

「等等，兒子！」大魔王用手臂一把抵住門，幸好歐文關門的力道不重，他也沒有被夾到手，「你就這麼對待親愛的爸爸嗎？！說起來你寫信的時候為什麼開頭從來不寫『親愛的爸爸』？！」

歐文：=_=

大魔王嚶嚶嚶的委屈抱怨起來：「我才不信你是因為不知道要這麼寫咧，你寫給你媽媽的信上明明就有寫『親愛的媽媽』，嚶嚶嚶。」

歐文……＝＿＝

大魔王繼續控訴道：「你偏心！你偏心！嚶嚶嚶，你一點都不愛爸爸！」

——這個站在門口裝哭的傢伙才不是我爸……

——好想裝作不認識他……

歐文聽得尷尬症都要犯了，滿臉無語，忍了一會兒才道：「反正你也是因為被媽媽趕了才會跑出來吧？」

大魔王頓時震驚：「你已經學會用魔法偷窺了嗎？！」

——這種事你一年要玩十幾次，還需要偷窺嗎……

在歐文毫不掩飾的嫌棄目光注視下，縱然臉皮厚如大魔王也承受不住壓力臉紅了一下，他輕咳一聲，解釋道：「其實我和你媽都很擔心你的，你也知道，這裡全是一群喪心病狂的勇者，你又這麼弱小……我和你媽都好擔心你被人類欺負啊！還有，現在又是難得的雪冬節，一想到你會一個人躲在被子裡因為孤獨而偷偷哭泣，我和你媽就心！痛！如！絞！所以……唉，雖然最近工作有很多麻煩事要處理，我也還是在百忙之中抽空來看你了。」

——哦，原來是來偷懶的，聽上去比之前的原因可信多了呢。

不過，眼看著傳說中的大魔王是這幅德行，再想到冬波利學院的同學們每天勤奮熱血的學習……他怎麼對艾斯的未來這麼絕望呢？

歐文嘆了口氣，側身一讓，略有幾分不情不願的說道：「你進來吧。先說好，住在這裡的話你只能打地鋪。」

「噢噢噢，兒子我就知道你還是愛爸爸噠！╰(*°▽°*)╯」大魔王立刻興高采烈起來，拖著行李箱進了歐文的宿舍。

把行李箱往地上一丟，大魔王立刻興奮的四處打量，道：「這裡看起來還不壞……怎麼樣，學校生活過得如何？成為校園王子女生偶像了嗎？」

歐文：……那是什麼鬼。

「……沒有。」他老實的回答道，順便附贈一個白眼。

大魔王立刻一副鬆了口氣的樣子，道：「那就好。我一直在擔心愛上你的女生太多怎麼辦……咦，說起來你的頭髮怎麼是金色的？」

「……你現在才注意到嗎？」歐文又翻了個白眼，「我假裝自己是海波里恩風刃地區的居民，所以弄成了金髮灰眼。」

說著，他指了指自己現在是淺灰色的眼珠子。

人類中也有黑髮，但紅眼的卻很少。歐文當然不希望冒著被發現的風險，因此當初索性將髮色和瞳色全改了。

「噢……這樣的話，我也和你弄成一樣的吧。」大魔王這才恍然大悟，他用魔杖點了點自己，很快，他的一頭黑髮也成了淺金色。

大魔王對著窗戶照照，很滿意的樣子。

聽說自家蠢爸決定在這裡待兩個星期後，歐文馬上和他約法三章：「你住下來沒問題，但盡量不要出去，少被別人看到。現在學校裡人少，但還是有老師留下來的……另外，我會出去找朋友玩，你不許跟著我！」

「你的朋友？」大魔王豎起耳朵，一臉超級感興趣的樣子，「是被宿舍裡的人欺負了的那個小丫頭嗎？那個被預言裡的勇者特殊對待、還被情敵宣戰的那個？」

大魔王就差在臉上刻上「我好想知道後續」幾個字了。

「……她們不是情敵！」歐文否認道，這個詞令他煩躁，「不過……嗯，是她，她也留在學校裡。」

大魔王期待滿滿的問道：「那我可以去見見她嗎？」

歐文想都沒想就答：「不行！」

大魔王：「為什麼啊？」

歐文痛苦的扶額，「你是大魔王啊！這麼隨便走動還暴露長相沒問題嗎！」

「我變裝了啊！」大魔王不服氣的指指自己的滿頭金毛，「而且我雖然是大魔王，可也是家長啊！」關心兒子的校園生活有錯嗎！

「反正就是不行！」歐文毫不留情的駁回父親的無理請求。

然而，歐文還是低估了自家爸爸的蠢度。

快到傍晚的時候，他才發現大魔王拖來的那個大箱子是個空箱子！！

完、全、空、的！！！

——所以你拖這玩意兒來幹嘛啊！(╯`□´)╯┴

歐文感覺自從他爸一來，他的表情頓時豐富了很多，要知道平日裡不管發生什麼事，他只需要微笑就夠了，室友們還覺得他脾氣非常好。

但畢竟是親爹，歐文再三叮囑他不准自己出去瞎逛以後，就決定親自出門去替大魔王弄點生活用品回來。

——沒辦法，總覺得把他放出去的話，沒幾分鐘他就會用「其實我就是大魔王啦╰(*°▽°*)╯」的語氣把身分弄得全世界都知道了。

歐文離開後，大魔王還是挺安分的，他檢查了一下兒子平時的生活設施有沒有對魔族有害的裝置，以及平時住在寢室裡會不會有不便。事實上，在過來找歐文之前，他就將冬波利逛了一遍——當然，是在用魔法隱藏行跡的情況下。

然後，大魔王聽見了門鈴聲。

如果是歐文回來的話，肯定不是按門鈴而是直接用鑰匙開門。況且，之前歐文也說他的室友都離開了，一時半會兒不會回來。

那會是誰？

大魔王想了想，還是沒有頭緒。歐文似乎已經到不願意把什麼事都跟爸爸媽媽說的年紀了，他平時寫信回來的次數很少，即使寫信，內容一般也只是報平安，不太提及私事，說起朋友被宣戰可能是唯一一次，所以才會那麼引起他和魔后的重視。

鑑於身分敏感，大魔王也知道自己不適合和太多人見面。不過……他摸了摸落在肩膀上的金髮，他還不太習慣這個顏色，卻同意這個跟人類社會更合適。

於是，他打開了門。

大魔王四處張望了一下，卻沒看到人，正要皺眉，一低頭就找到了自己的訪客。是個體格很小的人類女孩，從大魔王的角度能看到她頭頂可愛的髮旋，棕色的頭髮垂下來，掉進圍巾裡。她的表情顯得很驚慌，似乎被突然出現的大人嚇了一跳。

菲莉亞當然被嚇了一跳，門一開她竟然看到了長大版的歐文！同樣的金髮、灰眼，他們的五官僅僅是成熟版和幼稚版的區別，當然和在男生裡個頭也算偏矮的歐文不同，眼前的男人非常、非常高大，頭幾乎要頂到門框。

菲莉亞的第一反應是──歐文難道用錯什麼禁咒不小心長大了嗎？！

「歐、歐文？」菲莉亞脫口而出。

「妳是來找歐文的嗎？」金髮的成年人友好的說道，「他剛剛出門了，應該很快就會回來……妳要進來等他嗎？」

他一開口，菲莉亞就反應過來了。眼前的人並不是歐文，他們長得很像，但氣場很不一樣。歐文因為頂著一頭金髮，所以偶爾會被同學開玩笑，就連在宿舍裡討論學校裡的男孩子時，菲莉亞都幾次聽到「其實歐文長得也不錯，只可惜頭髮顏色太娘了」。但眼前這個人，即使是一頭淺色的金髮，也不會讓人產生絲毫「娘」的感覺，因為他很強大……

菲莉亞不確定這種感覺是怎麼回事，但她直覺的知道對方並不是一個可以輕易招惹的對象。在和對方對視的時候，哪怕他笑得和歐文一樣親和，菲莉亞也下意識的抖著腿往後退了退，險些一腳踩到臺階。

「不、不了……」菲莉亞連忙拒絕，「他、他不在的話，我下次再……」

她只是一天沒有人可以說說話，所以想來找歐文一起吃晚飯而已，沒想到歐文今天會有客人……

「噢。」大魔王有點失望，他是很想和歐文的同學接觸一下的，畢竟只要是父母，都關心孩子在學校裡的表現以及社交狀況，還有在同學裡的印象之類的。

菲莉亞趕緊手忙腳亂的道別：「那、那個……再、再……」

這時，歐文正好回來，看見菲莉亞，他眼前一亮，「菲莉亞？妳來找我嗎？」

▶◇◀◎▶◇◀

幾分鐘後，傳說中無人可敵的大魔王端著鍋在廚房裡熱火朝天的做著晚飯。

此時菲莉亞已經知道了這個金髮的男人就是歐文的親生父親，想到之前歐文說過他父母都是有一定名聲的魔法師，菲莉亞看著廚房裡男人的後腦杓，不禁冒出敬佩之情。

「你們長得真像。」菲莉亞由衷感嘆道。

菲莉亞並不是太像羅格朗夫婦，和哥哥也不怎麼像。她身上有父母的影子，卻更像她自己，因此，看到和父親長得如出一轍的歐文，她不由得覺得驚奇。

歐文卻聳聳肩，回答：「……不是我自願的。」

替孩子們做晚飯的大魔王：QAQ

菲莉亞羨慕的看著歐文和他父親。其實以前她就感覺到了，歐文應該是在十分相愛的雙親的照顧和寵愛下幸福長大的，而且和父母的關係很好。

歐文可以肆無忌憚的開父親玩笑便是證明。菲莉亞就無論如何都想像不出她和羅格朗先生互相開玩笑的樣子……儘管羅格朗先生是她父親，卻不讓她覺得容易親近，兩個人一般每年只在雪冬節家庭團聚時見面，感情非常生疏，相處更像主人和客人。今年因為菲莉亞沒法回南淖灣，就更沒法和父親見面了，現在他應該和媽媽、哥哥在一起吧。

大魔王掃了掃菲莉亞微微露出失落的臉，問道：「妳是歐文的朋友嗎？」

「是、是……」菲莉亞點頭，說著的同時還稍微瞥了歐文一眼，發現他對這個回答沒有異議，才稍微鬆了口氣，「我、我叫菲莉亞，菲莉亞．羅格朗。那、那個……」

「妳好，菲莉亞。」歐文爸爸的語氣輕快，他知道菲莉亞想說什麼，「妳可以叫我伊斯梅爾。」

歐文鄙夷的眼神立刻就掃了過去：你就這樣把真名報出去了？你的名字可一點都不大眾啊喂！=＿=

大魔王眼神回答：沒問題噠，人類不會想多噠！╰(*´▽`*)╯

菲莉亞果然沒有想多，她鄭重的點點頭：果、果然是歐文的爸爸，好親切。QUQ

大魔王進一步問道：「妳雪冬節不回家嗎？」

「我家離這裡太遠了，會趕不及返校的。」菲莉亞搖搖頭，「不過爸爸、媽媽和哥哥都寫了信給我……」

當然，菲莉亞也寫了信寄回家，而且是一個月以前就寄出去了，為了避免雪冬節來得太早。只不過她的信裡完全沒有提及自己在學校裡的危急，菲莉亞並不希望家人為自己擔心。

很快的，大魔王把他胡亂做好的晚飯端上了桌子。

對一個幾十年沒進過廚房的大魔王的手藝，自然不能要求太高，反正吃完飯後歐文和菲莉亞都還健在已經很不容易了，這著實必須感謝冬波利過去三個月對他們體格的嚴格要求。

完全沒有意識到自己剛剛吃了一頓真·大魔王做的晚餐的菲莉亞，雖然覺得嘴裡的味道怪怪的，有種劫後餘生的感覺，但還是很認真的對今晚的廚師表示了感謝。

接著，歐文把菲莉亞帶去他房間，準備進行慣例的飯後消食聊天。大魔王也想跟進去，卻被歐文無情的擋在門外，他之後縮進角落裡無聊的「嚶嚶嚶」。

歐文問道：「最近怎麼樣？宿舍裡的情況有好轉嗎？」

哪怕沒有回答，歐文其實已經從菲莉亞灰敗的臉上得到了答案。

「至、至少，從雪冬節開始，就沒有新的東西出現在我房間裡了。」菲莉亞勉強的笑著說道，「大家都要一月底才會回來……這、這段時間應該不會有問題的。」

想想也對，要是在宿舍所有人都離開冬波利的期間，菲莉亞的房間還是源源不斷冒出室友的東西的話，他們就該考慮整起事件都是靈異現象的可能性了。

歐文想了想，拍拍菲莉亞的肩膀道：「但就算是現在，妳平時也還是鎖上房門比較保險些，實在不行的話……」

他頓了頓，「妳還是可以暫時住到我房間……」

「噗！」

聽到不和諧的聲音，歐文的額角一跳，他先是對菲莉亞一笑道：「妳稍微等我一下。」

菲莉亞當然也聽到那個從床底下發出來的詭異的聲音，還以為是什麼學院森林的野獸跑進來了，連忙點點頭。

歐文倒是沒有小心翼翼的意思，直接一把掀開了垂下的床單！方才對菲莉亞溫柔又親和的面容瞬間變得咬牙切齒。

「爸——爸——」

「歐、歐文……那、那個，其實我……是想替你擦地板。」先前菲莉亞見過的做飯很難吃的伊斯梅爾．哈迪斯先生尷尬而心虛的趴在床底下。

歐文怒道：「滾出去！」

哈迪斯先生馬上死死的貼在地板上開始「嚶嚶嚶」，菲莉亞趕緊道：「沒有關係的，並不是什麼不能和別人說的事情……」

話雖如此，菲莉亞的內心還是有點吃驚的。

剛才歐文明明把他擋在門外還鎖上了門，但此刻哈迪斯先生卻不知什麼時候出現在了房間裡，要不是他發出了一點聲音的話，恐怕她跟歐文絕對不會發現的。

——好、好厲害，這就是魔法師嗎……

菲莉亞驚嘆的想著。這樣一想，她忽然發現「伊斯梅爾．哈迪斯」這個名字的確是有點耳熟的樣子，雖然並沒有想起來是在哪裡聽過……

——果、果然歐文的爸爸是相當有名的魔法師！

菲莉亞最後這樣定論。

在菲莉亞默默吃驚的時候，大魔王已經從床底下爬了出來，拍了拍衣服，傻乎乎的笑著對菲莉亞說道：「原來妳就是歐文在信裡寫到過的女孩啊！」

歐文聽到他竟然把這件事講出來，頓時殺氣騰騰的瞪了過去。

菲莉亞沒覺得不對勁，反而受寵若驚，「誒、誒？歐、歐文他，有提到過我嗎？」

大魔王無視兒子可怕的目光，坦然的點頭，「歐文因為妳遇到麻煩的事感到很難過，一直寫信求我們幫來妳。」

大魔王話音剛落，歐文的目光已經變得更可怕了。

——我不就寫過一次信嗎！一直寫是什麼回事！還有求你們是什麼鬼！

「謝、謝謝……」菲莉亞驚訝的向歐文道謝，雖然一開始就是她向歐文求助的，但想不到歐文真的在努力幫她想辦法，甚至求助了父母，菲莉亞稍微有點感動。

他、他真是個溫柔的好人……

被菲莉亞飽含坦誠謝意的目光注視著，歐文臉紅起來，他知道自己其實什麼忙也沒有幫上，沒來由的反而有了愧疚。

「沒、沒事。」歐文不自然的回答，移開視線。

於是大魔王問道：「咳咳，歐文信裡寫的不是很清楚，到底是怎麼回事？」

哪怕他使勁擺出一副「沒有別的意思」的嚴肅正經的樣子，歐文也能看出他的眼睛裡寫滿了「八卦」二字，於是毫不客氣的對自家蠢爹投以鄙視的目光。

菲莉亞不疑有他，乖乖的把先前告訴過歐文的事，又向大魔王複述了一遍。

大魔王越聽越激動。

——言情小說啊！活生生的言情小說！！這女孩是活生生的言情小說啊！！！

作為一個在城堡裡廢寢忘食飽覽了三千言情詩書的大魔王，伊斯梅爾擺出了一副經驗豐富的樣子，決定對下面的劇情進行預測。

無視兒子「敢亂說就凍了你」的凶惡眼神，大魔王沉穩嚴肅的問：「妳有試過向卡斯爾求助嗎？」

「誒？」菲莉亞一愣，「沒、沒有。」

儘管卡斯爾說過要照顧她，但是菲莉亞始終將卡斯爾放在一個凡人觸及不到的位置上，要麻煩他為自己出頭，實、實在說不出口，所以她根本沒有想過要向他求助。

大魔王一拍大腿，「這就對了！妳不給他發揮的空間，這起事件怎麼可能結束啊！」

菲莉亞：「……？」

見自家爹硬是要把菲莉亞和他討厭的紅毛扯在一起，歐文心裡升騰起一種很不舒服的感覺，如同有一把火焰在夏日的正午燃燒，讓他恨不得去找一盆冰水澆到頭上。

大魔王解釋道：「這件事情顯然是因為那個卡斯爾才會發生的，既然因他而起，就需要由他來解決。」

「因、因為卡斯爾？」菲莉亞愣住，「為、為什麼？」

大魔王正色道：「書上都是這麼寫的。」

「哦、哦……」菲莉亞點點頭。雖然不知道怎麼回事，但好像很有道理的樣子，不愧是有名的魔法師啊！

大魔王愉快的繼續說：「按照一般的套路，僅僅在宿舍裡陷害妳顯然是不夠的，如果不讓卡斯爾知道這件事的話，就沒有意義了。或許一開始對方只是想給妳找點麻煩，但既然這件事已經發展到現在，她肯定已經有更大的目的了。唔……如果我想得沒錯的話，到時候第一個把這件事告訴卡斯爾、還暗指妳是小偷的人，就是那個想把自己隱藏在幕後的傢伙。」

菲莉亞似懂非懂的點點頭。

天漸漸黑下來，菲莉亞差不多該回宿舍了，歐文和大魔王將她送到門口。

「晚安，歐文，晚安……」菲莉亞停頓了一下，還是叫不出「伊斯梅爾」這個名字，總覺得太沒有禮貌了，「晚安，哈迪斯先生……您、您真是個親切的人，真、真的非常感謝。」

菲莉亞壯著膽子讚美著，她挺喜歡歐文的爸爸，他就像歐文一樣友善。

大魔王也稍微一愣，接著拍拍她的肩膀，說：「妳也不要總是那麼溫和了。歐文說妳鐵餅扔得不錯？這是妳的優勢，妳應該發揮出來。如果其他人忌憚妳的話，就不會輕易的想要欺負妳。」

總覺得歐文的爸爸說這話時，眼神和之前都不太一樣……

菲莉亞下意識的捏著手指，用力點頭。

等菲莉亞慢慢的消失在夜色中，大魔王伊斯梅爾．哈迪斯忽然笑得一臉詭異的轉向了自己的兒子。

「兒子，你喜歡她吧？」

「——啥？！」聽到大魔王的問話，歐文頓時瞪大眼睛，難以置信的樣子。

反應了下，歐文的臉慢慢漲紅，他辯解道：「沒、沒有！菲莉亞只是我重要的朋友！」

「朋友？只是朋友，你臉紅幹嘛？」大魔王聳了聳肩，「有什麼好害羞的！我們魔族的愛情意識覺醒得比人類早，算起來也就是十歲左右的樣子吧……咦，對了，你生日是什麼時候來著？」

歐文臉上的溫度已經熱到即使他想極力忽視也沒有辦法做到的地步了，如果可以的話，他真想用魔杖往自己臉上砸兩塊冰，因為這個他甚至都沒空管爸爸竟然忘記他生日的事了。

「你這麼說我當然會臉紅！這又不是我能控制的！」歐文反駁道：「我、我真的只認為菲莉亞是我的朋友！和其他人不一樣，我並不是因為想要瞭解人類才會去接近她……」

說著說著，歐文又覺得有點迷茫。

毫無疑問他喜歡菲莉亞，但他一直都認為這只是對朋友的感情。大魔王卻將這當作是愛情……如果非要這麼說的話，愛情的喜歡又是什麼呢？

大魔王卻一點都沒有要相信他辯解的意思，同情的搖了搖頭，「不要爭了，我也是從你那麼大走過來的。不過……你沒戲的。」

「為什麼？」

話一出口，歐文才反應過來自己下意識的就回問了。

「因為那個卡斯爾……你沒看過人類寫的書嗎？在日常生活中，最後贏得女孩子愛的都是那種類型。」大魔王正經的說道，「而你……唔……我怎麼感覺你會是一直在菲莉亞身邊默默守候，卻最終都沒能訴說愛意的那種普通朋友。」

總覺得大魔王的想像力走向越來越詭異了。

歐文：「……爸爸，你平時看的到底是什麼書？」

「從你媽媽書架上拿的呀。說起來，聯想我們的魔族身分……」大魔王原本摸著下巴思考，卻忽然大驚失色，「等等！你跟我說實話，歐文，那些事不會是你幹的吧？！為了讓菲莉亞被其他所有人討厭，將她逼入絕境，然後自己跑來向你求助……」

「當然不是我！」歐文懊惱道，他比誰都希望能夠幫上菲莉亞。

大魔王鬆了口氣：「呼……幸好，你可千萬別做這種事……一般來說，這麼做的人下場都不會好的。」

大魔王頓了頓，忽然語氣一變，他摸摸下巴，又道：「其實你們年紀現在還小，你要是希望擠掉卡斯爾和菲莉亞在一起的話，倒也不是完全沒有機會。」

歐文覺得他爸的說法和語調都很奇怪，一般來說這種時候他說出的絕對是蠢話。但不知怎麼的，歐文竟然覺得有點動搖。

他確實討厭卡斯爾，希望菲莉亞只當自己的朋友。

猶豫了一會兒，歐文還是抵不住好奇心，問道：「什麼？」

「當然是去向她表白啦！」兒子終於詢問了，大魔王高興的一拍大腿，「現在你們都還不大，只要這種時候做下『等長大以後妳就當我的新娘吧』的約定的話，你的競爭力瞬間就會大幅上升了，擠掉卡斯爾的可能性會高達九成以……」

「夠了閉嘴。」

果然相信這傢伙能說出什麼嚴肅的東西來是他太天真了。

▲◇▲◎▲◇▲

大魔王在歐文的寢室裡打了兩週的地鋪，兩週結束後就歡呼一聲滾回國了。

一月底，雪冬節進入尾聲，菲莉亞的室友都陸陸續續的回來，宿舍裡的氣氛也重新變得壓抑。幸運的是瑪格麗特從家裡回來的速度最快，這讓菲莉亞減輕了不少壓力。

菲莉亞目前大概徹底算是瑪格麗特派的成員了，雖然麗莎派的人也沒有完全和她撕破臉，只是氣氛變得尷尬而已。總之，宿舍裡達成了四對四的微妙平衡，平時各派各自一起活動，很少互相干擾。

開學前的最後一天，菲莉亞宿舍的門鈴再一次被客人按響。

「菲莉亞，卡斯爾學長又來找妳了。」去應門的麗莎神情怪異的走回來，眼神像是在躲閃，又像是忍不住要看菲莉亞的臉。

「誒？卡斯爾嗎？」菲莉亞也顯得相當驚訝，據她所知，卡斯爾家住王城，他才剛剛回來，甚至可能是今天剛剛回到學校。

難道他剛一落腳就來找她了嗎？

菲莉亞覺得有些不可思議。

看著菲莉亞不解又不知所措的臉，麗莎覺得很不是滋味。

明明出生於那麼窮困的南淖灣，家裡也沒有什麼特別的身分，她卻認識卡斯爾，不僅認識，卡斯爾都是第二次主動來找她了。而再看自己，出身貴族，身分比菲莉亞不知道高到哪裡去，卻只遠遠的在聚會上見過卡斯爾和約克森家族的人幾次，連招呼都沒有打過。

就在剛才，在她向卡斯爾做自我介紹之前，卡斯爾雖然表現得禮貌又友好，可明顯對她壓根沒有印象，要知道他們的魔法導師都是希勒里，過去的幾個月裡經常在課堂上碰面！

的確，卡斯爾因為要兼顧三種武器的課業，所以常常來去匆匆，一堂課經常只上一半甚至三分之一。但麗莎對自己的容貌有自信，即使是在冬波利這種有伊蒂絲教授把關的高顏值學校，她依然自信自己的臉足以引人注目。

然而，卡斯爾就是注意不到她。

想到這裡，麗莎簡直心如刀絞。她忍不住不斷的瞥過視線去打量菲莉亞——當然了，能被伊蒂絲放進學校來，菲莉亞毫無疑問是漂亮的，再加上扔了將近半年的鐵餅並經過體能訓練，菲莉亞原本過於慘白的臉色得到了恰當的調整，變得紅潤且健康。

這令麗莎更不舒服。

——為什麼鄉下人不能有個鄉下人的樣子呢？如果菲莉亞是那種能和土地融為一體的村姑該有多好？如果她真的偷了東西該有多好？這樣的話，高傲的卡斯爾一定就會對她不屑一顧了……

麗莎被自己的想法嚇了一跳，就像剛才她險些克制不住要把「很多室友丟的東西都在菲莉亞房間裡找到」這件事告訴卡斯爾時一樣。好不容易將這些話嚥下去的時候，她簡直渾身冷汗。

她什麼時候被嫉妒心蠶食成這麼令人討厭的惡毒女孩了？

麗莎愧疚又害怕的躲開菲莉亞的目光。

菲莉亞實際上並沒有太多的注意到麗莎的異樣，她不敢讓卡斯爾等太久，飛快的跑出了屋子。

冬天還沒有過，昨晚剛下的雪還殘留在地上，到處都是白茫茫的。

因此，卡斯爾那頭燃燒一般的頭髮在潔白中也格外醒目。他看見菲莉亞走出來，露出一個帶虎牙的相當開朗的笑容，並且對菲莉亞揮揮手。

「那、那個……請問……」菲莉亞小跑過去，呼出的氣在離開口腔的一剎那變成朦朧的水霧，「你、你有事來找我嗎？」

因為跑得太匆忙，菲莉亞的頭髮稍微翹了起來，卡斯爾的視線恰好落在那上面，不由得笑了笑。

「是有東西要給妳，算是雪冬節的禮物吧？我找找……啊，不好意思，路上沒太注意，好像有點壓扁了……」卡斯爾苦惱的抓了抓頭髮。

他從口袋裡拿出來的是個不及掌心大的方形小盒子，用緞帶綁好並繫著一個藍色的蝴蝶結。不過，正像他說的那樣，因為隨意的塞在口袋裡而有一點壓扁了。

「謝、謝謝。」菲莉亞連忙道謝，有些慌張的從卡斯爾手裡將盒子接過來。

卡斯爾竟然送了她禮物！

菲莉亞即使做夢都猜不到會有這種事，這比卡斯爾來看她更令她吃驚……好幾倍！

不過，卡斯爾的下一句話就讓菲莉亞飛快掉進了地獄。

「是一條項鍊……我不太懂這些東西，所以是我妹妹幫我挑的，希望妳會喜歡它。」卡斯爾沒有惡意的說著，似乎還有一點緊張，看到菲莉亞收下才笑著鬆了口氣，「妳的室友跟我說妳好像不太有首飾，所以我才私自買的，唔……我還擔心妳會覺得冒犯呢。」

他頓了頓，才說道：「其實我還聽說了些別的事……不過，我倒不覺得妳是會侵害別人的人，別擔心，菲莉亞。」

菲莉亞覺得渾身冰冷，她的腦子一片空白，只剩下歐文的爸爸說過的話──

「或許一開始對方只是想給妳找點麻煩，但既然這件事已經發展到現在，她肯定已經有更大的目的了。」

「第一個把這件事告訴卡斯爾的人，就是那個想把自己隱藏在幕後的傢伙。」

「……是、是誰？」菲莉亞顫抖的問道，「請、請問……能告訴我，跟你這麼說的人，是誰嗎？」

事實上，即使卡斯爾不說，菲莉亞也已經隱隱有了預感。能夠在雪冬節假期期間依然見到卡斯爾的人，在她的室友中，只有那麼幾個。

卡斯爾只是略微想了想，就點了頭。

「唔……妳的確有權知道這個。」他說道：「她好像是叫娜娜，是經常和瑪格麗特在一起的女孩子……妳和瑪格麗特的關係不好嗎？」

一聽到娜娜的名字，菲莉亞的心臟就跳得很快，不過她還是用自己的左手攥緊右手，免得雙手抖得太厲害。

「沒有，我們是朋友。」菲莉亞道，「瑪、瑪格麗特是很好的人……她比外表看上去要親切很多。」

卡斯爾看上去對菲莉亞的話有些懷疑。

「妳確定嗎？但妳知道，那個娜娜，她似乎……她似乎什麼事情都聽瑪格麗特的。」他頓了頓，「妳不需要有什麼顧慮，在妳和瑪格麗特之間，我一定會選擇相信妳。」

菲莉亞點了點頭，道：「我確定……謝謝你。」

菲莉亞當然明白卡斯爾是什麼意思。

娜娜是瑪格麗特的跟班，她遵照瑪格麗特的意願行事，或許有些人不會明說，但這一點任誰都看得出來。

歐文的爸爸說，會迫不及待將「她是小偷」的事告訴卡斯爾的人，就是一直以來針對她的傢伙。而現在，這個人是娜娜。

那麼，很有可能是瑪格麗特讓自己的跟班這麼做的，大小姐也許是不想弄髒自己。

不過，菲莉亞相信瑪格麗特。這段時間的相處，讓菲莉亞相信瑪格麗特比她的外表看上去更加單純笨拙，比起不好相處，她更像是個不會表達自己的普通女孩。況且瑪格麗特是個正直到有些不會變通的人，她不屑於用背後下手的手段。

菲莉亞難得對自己的觀點這麼堅定。

聽到菲莉亞這麼說，卡斯爾先是一愣，繼而又笑起來，像平時一樣爽朗的說道：「哈哈哈，這一次算是輸給妳了。不過……妳要是需要我幫忙的話，我還是隨時樂意幫妳的。」

這一次，卡斯爾投向菲莉亞的視線，比之前任何一次都要認真。

他伸手，不輕不重的揉了揉菲莉亞的頭髮，真誠道：「妳是個好女孩。」

菲莉亞歪頭：「……？」

見菲莉亞好像沒有理解他為什麼會這樣誇讚她，卡斯爾也沒有再解釋什麼。

實際上，他並不是不清楚有些他根本不認識的女孩子在莫名其妙的爭風吃醋，菲莉亞這樣的事也不是第一次發生在他身邊。可能是因為個性看上去太大剌剌，所以所有人都覺得他對那些事並不在意，甚至一無所知。

儘管在卡斯爾眼裡，劍和魔法就像本能一樣簡單，但對於這些他卻真的不知所措。因為一旦他發現自己插手，那些女孩子的情況不但不會好轉，反而會變本加厲，有幾次連他妹妹都被捲了進去。卡斯爾對此很無奈，也無能為力，因此他漸漸的開始和女孩子保持距離，剩下的朋友全部都是男性。

這一次如果不是他的姑姑強烈要求他必須在學校裡多關照菲莉亞的話，他也不會過來拜訪兩次。

卡斯爾原本以為只是說這麼幾句話，菲莉亞又是那種一點早熟跡象都沒有的普通小女孩，而他的外表看上去比實際年齡大，一般因他而爭吵的女孩子年齡都至少在十二歲以上，所以這次應該不會有問題，沒想到還是讓她遇到了麻煩。

「……我真的很抱歉。」卡斯爾半蹲下來，這才能夠平視菲莉亞。

「沒、沒關係。」菲莉亞不明所以的回答，不敢對上卡斯爾金色的眼睛。儘管她並不知道卡斯爾為了什麼而道歉，可也沒有勇氣問出口。面對比自己層次高出太多的對象，菲莉亞總是很難不緊張。

等菲莉亞重新回到宿舍裡的時候，原本只有幾個人的客廳已經聚集了她的所有室友，麗莎派的四人和瑪格麗特及她的兩個跟班氣氛並不友好的互相對視著，卻誰都沒有率先開口，大有憋死對手的節奏。

不過，等菲莉亞一跨進來，七雙眼睛就極其統一的落在她身上……不，是落在她手上繫著緞帶的禮盒上。

瑪格麗特稍微皺起了眉頭，如果是在以前，菲莉亞肯定會以為她是不高興，但現在……她知道瑪格麗特只是在努力的想看清楚一點。

「那個是卡斯爾送的？」瑪格麗特平靜的開口問道。

菲莉亞點點頭，莫名有種心虛的感覺，手上的禮盒也變得燙手起來。畢竟她知道瑪格麗特喜歡卡斯爾……雖然她和卡斯爾確實一點關係都沒有，她也向瑪格麗特解釋過，可依然還是十分尷尬。

瑪格麗特的眉頭皺得更深了一點，顯然是努力想再看得更清楚，於是她的表情似乎變得更生氣了……

「是什麼？」她問道。

「好像是……項鍊。」菲莉亞乖乖的回答。

說著，菲莉亞不禁看了一眼娜娜。卡斯爾說，是娜娜將她們宿舍裡發生的事告訴他的……不知是不是錯覺，她現在總覺得對方有些可怕，菲莉亞不由得縮了縮脖子。

正好，瑪格麗特蹙眉道：「我們到樓上去聊吧。」

她不喜歡樓下壓抑古怪的氛圍，哪怕看不清楚，她也能察覺到每個人心情都不好。

菲莉亞也正想和她聊聊娜娜的事，連忙點頭，迴避開迎上來的另外六道視線，低著頭往樓上走。

瑪格麗特一站起來，娜娜和溫妮也一塊兒站了起來。瑪格麗特制止她們，瞇了瞇眼睛，說：「妳們不要跟過來。」

「可、可是！」娜娜很焦急的樣子，但張了張嘴又說不出什麼來。

「為、為什麼？」溫妮則著實吃了一驚，手足無措的站在原地，眼睛裡幾秒鐘就蒙上了霧氣，「大、大小姐，您、您討厭溫妮了嗎？」QAQ

瑪格麗特：「……」

太受歡迎真的好苦惱。

大小姐沉默良久，才不自然的說道：「沒有。我要和菲莉亞說話，妳們不許跟過來。」

「大、大小姐！」

「大小姐啊啊啊！！」

瑪格麗特沒有再理會自己的兩個跟班生離死別般撕心裂肺的慘叫，她已經很熟悉宿舍的結構了，雖然是個高度近視，卻也能穩穩的快步往樓梯的方向走，只是在上樓梯時停頓了一下，才繼續往上邁步。

菲莉亞聽見南茜幸災樂禍的冷哼：「菲莉亞這下要吃到苦頭了吧！誰讓她跟瑪格麗特那種人混在一起，物以類聚……」

「噓！」貝蒂忍不住掐住南茜的話，「我不覺得那些事是菲莉亞幹的，一而再、再而三的偷東西放到自己房間裡，還那麼輕易就被發現了，難道菲莉亞是傻瓜嗎？」

「那妳說還可能是誰？！凱麗？麗莎？還是說我？！」南茜不服氣的吼道。

貝蒂痛苦的撓頭，她不討厭南茜的心直口快和直率，但有時候蠢得太過分了也是讓人不禁想要在她腦門上射一箭。

麗莎眼神複雜的看了一眼在樓梯上等待瑪格麗特的菲莉亞，桌下的雙手已經緊緊的握在一起，指甲深深的扣進肉裡。她發現自己是真的希望菲莉亞就是偷東西的人，還希望瑪格麗特和她因為卡斯爾弄得兩敗俱傷，好像只有這樣才能平復她心底那種不舒服的感覺。

這樣的自己，讓麗莎覺得無比可怕。

▶◇◀◎▶◇◀

此時，菲莉亞已經進了瑪格麗特的房間。

因為回到學校還沒有多久，瑪格麗特的行李尚未全部收拾好。作為一個不愛戴眼鏡的高度近視，她沒法親自動手，只能讓娜娜和溫妮來處理的，而偏偏來回一趟東西又很多，目前這項工作顯然還沒有完成。

或許卡斯爾來找菲莉亞的時候，瑪格麗特她們正在歸類行李，聽到消息就跑去大廳裡跟麗莎派一起坐著等熱鬧了，所以此時尚未拾掇好的行李箱東一個西一個凌亂的扔著，大小姐剛進房就被橫在門口的行李箱狠狠的絆倒了。

臉著地。

菲莉亞：「瑪、瑪格麗特！」Σ(っ°Д°;)っ

菲莉亞跑過去要扶她，瑪格麗特已經面無表情的自己爬了起來。

「我沒事……這種事常發生。」瑪格麗特鎮定的說，「妳先把卡斯爾送妳的東西拆開讓我看看。」

——妳、妳真的沒事嗎？

菲莉亞看著瑪格麗特臉上摔出來的紅痕，想問又不敢問，最後只能默默把話吞了下去，專心開始拆禮物的緞帶。

蝴蝶結打得不緊，一扯就開了。菲莉亞拆掉包裝紙，然後打開盒子，不由得露出驚恐的表情。

菲莉亞：「這、這個……不會很貴吧？」QAQ

瑪格麗特接過來，仔仔細細端詳了一會兒，半晌沒出聲。

瑪格麗特畢竟是在王城的貴族家庭裡長大的大小姐，想必對珠寶首飾一類的東西很有研究，菲莉亞毫不懷疑她的眼光，於是膽戰心驚的問：「那、那個……怎麼樣？」

對方嚴肅的搖了搖頭。

菲莉亞頓時有一種被拍進地獄裡去的感覺，絕望的問：「很、很貴嗎？我、我明天還是

還回去吧。」剛才怎麼就腦子短路的收了呢嚶嚶嚶……

瑪格麗特道：「不是，這條項鍊反光太厲害，我看不清楚……」

菲莉亞：「……」

卡斯爾送的項鍊並不是很複雜的款式，只是一條銀鏈上掛著一隻兔子形狀的吊墜。兔子的眼睛是有數個切面的藍色玻璃，在燈光下會像鑽石一樣閃閃發亮。讓瑪格麗特的視線很不舒服的，就是這兩顆兔子眼睛。

因為很漂亮，所以讓人忍不住擔心它的價格。

菲莉亞想來想去，還是決定還回去。但瑪格麗特阻止了她。

「妳還回去的話，卡斯爾會很尷尬。」瑪格麗特淡淡的分析道。

「可、可是……」可是留下來的話她很尷尬啊！

「收到這種類型的禮物，馬上戴上並且表示喜歡，才是正確的做法。」瑪格麗特敘述的語氣相當平靜，「這樣才能表示對餽贈者的禮貌和尊重。」

「是、是這樣嗎？」菲莉亞語氣很不確定。

她仔細想了想，因為從小就不喜歡走出家門的關係，她的交際圈向來非常窄，送過她禮物的好像就只有父母和哥哥……家人送的禮物，自然不需要太強調禮貌之類的事，她的確不知道正確的禮節是什麼。

瑪格麗特肯定的點頭，「妳不戴的話，卡斯爾會認為妳不喜歡，別人會認為妳看不起卡斯爾。退回去的話……非常失禮。」

——聽起來好嚴重的樣子。

菲莉亞有一點被嚇到了，看著手裡的項鍊，不由得感到壓力極大。

關於禮物的習俗，倒並不是瑪格麗特騙菲莉亞的。

在王國之心，人們收到飾品類的禮物，都應該在一週內使用，以表示喜愛和禮貌，只有在收禮物的人地位高於饋贈者的情況下才有例外。

不過，在卡斯爾這件事上，其實沒有那麼嚴重。卡斯爾並不會在意菲莉亞戴或者不戴，畢竟他很清楚海波里恩各地的習俗都不一樣。另外，為了避免麻煩，卡斯爾並沒有將他送菲莉亞東西的事告訴太多人，所以不會有人因為她不戴卡斯爾送的項鍊而覺得她粗俗無禮。

但瑪格麗特顯然不這麼認為。

在她看來，菲莉亞只要是個淑女的話，就應該立刻佩戴表示感謝，沒有當場拆開禮物掛上，她動作已經太慢了。

於是瑪格麗特當機立斷：「明天妳就戴上，然後去向卡斯爾道謝。」

——這、這麼急？

如果非要戴的話，菲莉亞原本還準備花一、兩天做好心理準備的。

「那、那個……」菲莉亞小心翼翼的觀察瑪格麗特的臉色。

「怎麼了？」

「對、對不起……」

「妳為什麼要向我道歉？」瑪格麗特這才將視線銳利的掃過去。

菲莉亞心虛的低下頭，「項、項鍊……」

「如果是因為卡斯爾送了妳東西的話，妳大可不必對我有任何歉意。」瑪格麗特有力的說道：「我早就說過了，妳是我的對手，我願意和妳公平競爭。」

——但是我不想和妳競爭啊！我只要祝福妳就好了啊！QAQ

菲莉亞回想了卡斯爾說的話，解釋道：「卡、卡斯爾是因為聽說了我們宿舍的事，以為我很缺飾品，所以才會送這個給我，並沒有別的意思……」

「他聽說了？」瑪格麗特皺起眉頭。

她很清楚菲莉亞說的「宿舍的事」指的是什麼。老實說，瑪格麗特早已相當厭煩一日復一日的猜忌。

「是誰告訴他的？」瑪格麗特問道。

菲莉亞猶豫幾秒，稍稍瞥了一眼瑪格麗特的表情，心一橫，回答：「娜娜。」

「……娜娜？」瑪格麗特遲疑的重複了一遍，她額頭的皺痕都能夾住紙片。

房間裡保持了很長一段時間的沉默。

良久，在菲莉亞坐立不安的時候，瑪格麗特終於重新開口：「……原來是她嗎？這件事我會處理，菲莉亞，我一定給妳一個交代。」

大小姐的態度冷靜得讓人感到有些害怕。

她雖然看起來對誰都很冷淡，可菲莉亞知道瑪格麗特相當依賴娜娜和溫妮。大小姐小時候身體不好不能出門，因此認識的人很少，娜娜和溫妮卻是例外，她們似乎一起長大。

菲莉亞不由得將手攥在胸前，試圖再說些什麼，瑪格麗特卻對她搖了搖頭。

「我知道該怎麼做，妳什麼都不要擔心。明天早上，我要看見妳的項鍊。」

▶◇◀◎▶◇◀

菲莉亞並不常戴首飾，因為扔鐵餅的時候有東西在脖子或手腕上晃來晃去，會讓她覺得不舒服。更何況，她也沒有合適的衣服來搭配。

於是，第二天早晨，菲莉亞站在鏡子前，只不過是脖子上多了一條兔子項鍊，卻覺得渾身上下都不對勁。

——果、果然還是只戴一次就好好的收起來吧。QAQ

菲莉亞暗暗決定了這件禮物被塵封的未來命運，壯著膽子從宿舍裡走了出去。

這一天是一年級的理論課，因此她並不會在課堂上碰到卡斯爾，菲莉亞準備在中午的時候去道謝。

對於優秀的勇者來說，再豐富的理論知識也比不上在格鬥中一次次積累的真實經驗，因此在冬波利，理論課並不是一門受重視的學科，很多學生都故意坐在後面方便睡覺，甚至有人直接給自己放假，也不管老師會不會點名。

不過，在所有人都不待見理論課的時候，總會有一、兩個意外。

比如，歐文。

和大部分能坐後面就絕不到前面坐的學生不同，歐文每次都坐前三排，而且他並不是來課堂上發呆的，他總是認真的聽課、做筆記，有時候還會向老師提問。

歐文的舉動無疑令長期以來受到冷遇的理論課教師很有存在感，所以他非常喜歡歐文，總是毫不吝嗇的稱讚他。

「上一個在我的課堂上會這麼用功的還是卡斯爾，你知道的，就是比你大一年級的那個天才……」

菲莉亞有一次聽到教授這麼稱讚歐文。

「我敢說你長大以後肯定也會有相當出色的成就的，現在能意識到理論課重要性的學生可不多……」

瑪格麗特倒也經常坐第一排，但她因為努力的想看清楚黑板，所以總是皺著眉頭，看起來完全沒有始終保持微笑的歐文親切，老師似乎很害怕她……

其實，菲莉亞同樣很喜歡理論課。

不過，她喜歡的並不是理論課本身，那些亂七八糟的定義和條條框框弄得她頭暈。菲莉亞之所以對上理論課的日子很期待，是因為她可以和歐文坐在一起。

冬波利大部分課堂的座位都是自由調整的，於是只要是魔法系和物理系能一起上的課，菲莉亞都一定是歐文的同桌。

這一天也是，菲莉亞剛一進教室，就一眼從人群中找到了歐文那頭顯眼的金髮。

「早、早上好，歐文。」在歐文旁邊的椅子上坐下，菲莉亞總算鬆了口氣。掛著那條項鍊，使她整個人壓力很大。

「早安，菲莉亞。」歐文轉過頭，笑得一臉燦爛的和她打招呼。

——天、天使！

菲莉亞再次被歐文漂亮的笑容閃了一下。

——歐、歐文整個人都像陽光一樣。

菲莉亞的心情開朗不少，她和平時一樣將教科書、筆記本和筆都拿出來，整齊的擺在桌上。她稍微側頭看歐文，發現歐文托著腮歪著頭，專注的看著課本。

——好、好認真！

菲莉亞頓時有點震驚，下意識的挺直了背，也翻開課本，試圖在上課前看進點什麼作為預習。可是，她很快就不得不意識到，課本上那些密密麻麻的字就像詛咒一般令人頭痛，她根本看不進去。

菲莉亞有點沮喪。

歐文並不清楚他身邊的菲莉亞稍微受到了打擊，他正在專注的閱讀課本。

原本在艾斯的魔王城堡裡時，歐文最討厭的就是枯燥的理論課，除了乾巴巴的定理就是異常無聊的概念，要不是魔后會生氣的話，他甚至有過要把家庭教師的頭髮揪光的念頭。

老實說，冬波利的理論課課本的乏味程度和魔族的理論著作沒什麼差別，但歐文十分喜歡看這本書的魔法部分。儘管人類在弓箭、重刀、劍術方面都領先於魔族，但魔族在魔法上的造詣卻也是人類難以企及的。這本書上的魔法理論，在歐文看來幼稚得十分可笑。

不過，想到在期末考時，為了避免太出頭，自己不得不答錯這麼簡單的題目來保證成績不要太誇張，歐文又感到一絲淡淡的憂傷。

又看到一條被人類認為是正確，但早已在艾斯被證明錯誤的理論出現在課本上，歐文忍不住笑了笑。

一直關注歐文的菲莉亞：Σ(っ゚Д゚;)っ歐文看課本看到笑了！天啊！他竟然覺得這種課本很有趣！！不愧是歐文！！！

忽然，隨著菲莉亞的動作，歐文眼角的餘光被什麼東西閃了一下。

歐文側過頭，發現閃到他的是菲莉亞脖子上掛的兔子掛墜的眼睛。菲莉亞一向很少使用裝飾品，歐文再清楚不過，他詫異的眨了眨眼睛，指指兔子項鍊，問道：「這是什麼？」

第十章 畢業後請跟我組勇者團隊

「這個？」

菲莉亞用手指托起項鍊上的兔子掛墜，「是、是卡斯爾送的……雪冬節禮物。」

菲莉亞越說聲音越輕，她並不想強調這是因為卡斯爾聽說了她宿舍那些亂七八糟的事，才會送給她的。

「卡斯爾？！」

提到這個名字，歐文的臉色一下子白了起來。他原本還準備誇讚一下它很漂亮，非常適合菲莉亞，現在卻一個字的讚美都吐不出來。

——他為什麼要送菲莉亞項鍊？

——雪冬節禮物？！人類有這種習俗？騙鬼嗎？我的室友根本沒有提到過啊！

歐文的腦子剎那間炸開，所有的思路全部中斷，腦袋裡只剩下一個念頭——

居心叵測！

「歐、歐文？」歐文的狀態看起來不太好，菲莉亞湊過去，謹慎的輕聲問道。

因為他似乎呆住了，菲莉亞還舉起手在他眼前晃晃。

被晃得眼暈，歐文一把抓住菲莉亞的手放到一邊，語氣不自覺的帶上焦慮：「妳很喜歡這條項鍊嗎？」

作為一個土生土長的艾斯居民，歐文自然不清楚王國之心收到禮物的習慣。他剛問出這個問題自己就有點後悔了。

——如果不喜歡的話，菲莉亞怎麼可能這麼快就戴上？

——說起來，那個該死的紅毛昨天才回到學校吧？難道說他一回校就立即火急火燎的送項鍊給菲莉亞？！

因為卡斯爾有很高的機率就是將來那個要毀滅艾斯的勇者，歐文一直將他視作勁敵，對他的一舉一動都很關心。卡斯爾什麼時候離校、什麼時候回校，歐文不可能不清楚。

正是因為很清楚，歐文也越來越感到煎熬。

在他看來，卡斯爾簡直居心不良。

因為歐文在她面前的形象一向溫柔又友好，菲莉亞完全沒料到此時她的同桌心裡正燃燒著一簇簇火苗，她無知無覺的往上澆油：「嗯，當、當然很喜歡。這個，很可愛啊。」雖然帶來的心理壓力遠比喜愛更多……

菲莉亞下意識的笑了一下，棕色的眼睛亮晶晶的，彷彿閃動著星光。

歐文覺得菲莉亞的笑容簡直可愛到犯規，但他的臉剛剛湧起來就被自己的思路澆了一盆冷水。

——菲莉亞是因為卡斯爾的禮物才笑的。

——混蛋紅毛！

想到這裡，歐文渾身不舒服起來。

他甚至鬼使神差的想起了大魔王爸爸之前說的話——

向菲莉亞表白的話，做下成年後的約定，就能贏過卡斯爾。

「菲莉亞！」在他的腦子徹底冷靜下來之前，行動已經掙脫了理智的掌控。

「怎、怎麼了？」歐文的表情太認真，看得菲利亞有點緊張的抖了抖。

「等、等我們長大以後，長大以後……」歐文的臉頰慢慢的變紅，思維系統已經完全崩潰，「妳，能不能……能不能……和我……」

——誒？

歐文說話很少這麼吞吞吐吐的，菲利亞感到有些反常，不自覺的嚥了口口水。

於是歐文感到自己的臉頰快要燒起來了，「就是……等我們成年以後，妳可不可以……可不可以……」和我結婚！

「什麼？」菲利亞歪了歪頭，忍不住催促道。

菲利亞的視線太過乾淨，只有關切和疑惑，一絲一毫的雜念都沒有，這讓歐文無法與她對視。他索性閉上眼睛，心一橫，一次性連貫有力不帶喘氣的說道——

「畢業以後請妳跟我一起組成勇者團隊吧！！！」

「……」

「……」

歐文……我剛才說了什麼？

因為太害羞，發現表白果然還是說不出口，事到臨頭硬是將想說的話轉個方向的結果，就是歐文發現自己好像說出了什麼奇怪的話。

……他是不是邀請了菲莉亞一起組成勇者團隊來著？

……話說勇者團隊的最終目標好像都是討伐大魔王吧？

所以他是邀請了喜歡的女孩和他一起去砍他爸？

不不不！等等，他才不是喜歡菲莉亞！

歐文感覺自己的思緒已經亂成一團完全釐不開，而且不僅是釐不清楚，他還快把自己繞進去了。

歐文原本的計畫是在畢業前處理好卡斯爾的問題，然後一畢業就回艾斯，以後大概就再也不會涉足人類土地了。所以，和其他勇者學生不一樣，他一點都不擔心自己的就業問題，反正他不可能也不打算加入任何一個以魔族為目標的勇者團隊的。

可是，現在他卻主動向菲莉亞發出這麼一個邀請……歐文簡直有倒回幾分鐘之前把自己打死的衝動。

菲莉亞也呆呆的睜大眼睛望著他，似乎是懵住了。

這樣的反應反而令歐文鬆了口氣，他正要用「如果為難的話，就當我什麼都沒說吧」來下臺，菲莉亞卻忽然反應過來，激動的一把抓住他的手，用力點頭。

「當當當當、當然！如如如、如果你不嫌棄像我這樣的人的話……」菲莉亞緊張得舌頭打結，「我、我們進同一個勇者團隊吧！」

歐文：「……」

糟糕！菲莉亞像這樣看著他，他根本沒法再開口拒絕怎麼辦？！

菲莉亞是真的高興雀躍，這差不多是她入學冬波利以來，除了遇到歐文之外，最好的一件事。菲莉亞一直認為像她這樣的傢伙畢業以後大概不可能被任何勇者團隊收留，只能迎接失業的命運，現在歐文卻願意和她在一起……

——歐文，果然是天使！

菲莉亞淚眼汪汪、感動的看著歐文，堅定道：「我、我會努力，一定不拖你後腿的！」

歐文：「……」

——看來只有下次再解釋清楚了。

在菲莉亞喜悅激動的目光注視下，魔族小王子有些苦惱的抓了抓自己的金髮。

結束他們兩個對話的是上課鈴聲，消瘦枯槁的老教授弓著背，抱著比他頭還厚的書，垂著臉上的褶子緩緩挪進教室，好不容易才站到講臺上。

他用力咳嗽了好幾聲，才把不小心嗆進氣管裡的氣咳出來，然後像樹懶一樣悠悠的翻開書，用棺材裡爬出來似的聲音開始講課。

因為被歐文激勵到，菲莉亞燃起了「不能拖歐文後腿，一定要成為很優秀的勇者」的決心，以異常專注的態度聽完了一上午的課。

反倒是歐文，由於過於苦惱要編什麼理由向菲莉亞解釋，整整幾個小時都心不在焉。

——早知道還是乾乾脆脆的表白好了……

▶◇◀◎▶◇◀

菲莉亞先前的忐忑緊張一掃而空，整個人心情都很好，連帶著中午去向卡斯爾道謝時，狀態都相當不錯，於是讓卡斯爾相信了她是真的非常喜歡自己的禮物。

事實上，卡斯爾沒有想到菲莉亞會來向自己道謝，所以在宿舍門口看到撲紅著臉、幸福感滿面的菲莉亞時，稍微吃驚了一下。

——真是個好懂的孩子。

卡斯爾笑得露出虎牙，摸了摸菲莉亞的頭。

下午也和上午一樣順利，以致菲莉亞哼著歌回到宿舍的時候，被室友齊聚在餐廳的架式嚇了一跳。

宿舍內的氣氛比平時還要嚴肅僵硬好幾倍。

不過，菲莉亞在餐廳裡掃了一圈，發現聚集的室友中並沒有娜娜，而溫妮的眼圈紅通通的，她忽然有了某種微妙的預感。

「妳回來得正好，菲莉亞。」瑪格麗特淡淡的說道，「坐下吧，我有事情要說。」

菲莉亞拉開空著的一張椅子，戰戰兢兢的坐下。

南茜不耐的催促道：「現在除了妳那個跟班，人都齊了吧？妳到底要說什麼事情？」

瑪格麗特的視線從南茜臉上淡淡拂過，神情相當冷淡，像是沒有將她放在眼裡一般。就在南茜快被瑪格麗特的目中無人激怒的時候，瑪格麗特卻「撲通」一下單膝跪在了地上。

菲莉亞大吃一驚，下意識就要站起來去扶她，瑪格麗特卻做了個讓她不要靠近的手勢。

「是娜娜將東西放在了菲莉亞的房間裡，我一直沒有發現，所以縱容了她。」瑪格麗特面無表情的說道，「我……很抱歉。」

不知是出於自尊還是家教，瑪格麗特習慣於讓情緒保持在一個平穩的水準，久而久之就很少有情感外露的情況發生。

但此時，儘管不是太明顯，但菲莉亞還是看到了她眼底的失落。

那是因為娜娜。

瑪格麗特定了定神，繼續道：「我已經讓她遞交更換宿舍的申請，她下午就搬走了。以後請大家不用再擔心東西失竊，也不要再懷疑菲莉亞。」

大小姐的目光移向菲莉亞。

「菲莉亞，我替娜娜向她對妳造成的傷害道歉。」

「沒、沒有關係……」菲莉亞手足無措的揑著手指，她還是頭一回被這麼認真的道歉。

不過，菲莉亞其實並不認為瑪格麗特有必要為娜娜做這樣的事。

宿舍裡大概沉默了幾十秒。

率先擊碎沉寂的是南茜，她憤憤道：「為什麼只是換宿舍，不是讓她退學？！娜娜是妳的人，妳做得到的吧？」

瑪格麗特搖了搖頭，「她是憑實力來到這裡的，我無權替她做出這樣的決定。」

她頓了頓，說道：「……但我將事情彙報給了伊蒂絲教授，她做出的決定是讓娜娜停學察看半年。」

伊蒂絲教授常年留在學校，所以順便管理了西區女生宿舍，平時有事都可以找她。

瑪格麗特大概不想說太多細節，因此概括得都很簡略。菲莉亞其實有很多問題想問，比如為什麼針對她、為什麼娜娜可以在她鎖好門窗的情況下還把東西放進去……但瑪格麗特不願意說的話，她也不想太咄咄逼人。

或許有些事只有問娜娜本人才能知道，但娜娜已經搬離宿舍，而且按照瑪格麗特的說法，她明天就會被遣送回王城，下學期再從一年級重新開始修學。

▶◇◀◎▶◇◀

此時，伊蒂絲教授正在教師辦公室裡夾著一根女士香菸吞雲吐霧。

「……那孩子就不應該是重劍系，她應該跟著我學學怎麼當一個刺客……這種能夠憑自己琢磨出怎麼用髮夾開門鎖的孩子可是很少見的，更別說她還學會了怎麼鎖回去。」

查德考官正痛苦的將窗戶大開，半個身體探出窗外，彷彿只要把鼻子放在室內一刻鐘他就會窒息。

「──咳咳咳，伊蒂絲，咳咳咳，妳就不能不在辦公室裡抽菸嗎？」

「不能。」伊蒂絲毫不猶豫的回答道，順便又吐出一口灰煙，「只不過是這麼點菸氣而已，你也太嬌弱了，查德，一年級的女生都比你強悍。」

查德：「……」

伊蒂絲這傢伙不管長得多麼漂亮，惡劣的個性卻總能讓人吐出一大口血來。

漢娜也不喜歡繚繞在伊蒂絲周圍的菸氣，她眉間的褶皺壓成一道深溝。

「孩子們沒事吧？」漢娜問道。

「當然沒有。」伊蒂絲懶洋洋的聳聳肩，「只不過又是一個被妳心愛的學生弄得喪失自我的小竊賊，能有什麼傷害？」

「我說的是心理傷害。」看著伊蒂絲，漢娜頭痛的扶額，「這件事，又是因為卡斯爾？三、四年級的孩子們鬧出事情也就算了，怎麼連一年級的也……」

「別小看孩子的心態。」伊蒂絲慵懶的媚眼掃過所有人，「唔……我記得第一次有男人為了我互相毆打，好像是八歲的時候吧……那兩個男孩都只比我大一歲……」

眾人：絕對是因為妳玩弄人家吧！！這個百分百是因為妳玩弄了人家吧！！！不管怎麼

說八歲也太過分了吧！！！！

趴在窗口的查德感覺胃裡的翻江倒海更厲害了，該死，都是因為伊蒂絲這個喪心病狂的女人！

當然，只要他願意回頭看一眼，就會發現他自己的猜測完全正確——伊蒂絲正扭著頭，故意把煙圈往他趴著的窗口吐。

「真不敢相信我的學生裡會有這樣的孩子。」尼爾森失落的嘆了口氣，「我應該早點注意到的……娜娜和菲莉亞明明是同一棟宿舍的學生，上課的時候卻幾乎從不來往，我應該注意到的……」

漢娜依舊擰著眉頭，道：「我覺得你的懲罰稍微輕了一點，伊蒂絲，這樣品行不端的學生不該被留在學校裡。」

「……但我這樣品行不端的教師不是一樣被留在學校裡了嗎？」

伊蒂絲自然的將兩條腿大刺刺的擱到桌上，儘管是冬天，她依然我行我素的穿著超短裙，因此這個動作一做，尼爾森和希勒里都尷尬的移開視線，至於查德……他的腦袋還在窗戶外面。

伊蒂絲道：「我們的校訓是不放棄任何一種潛能。學校的工作本來就是教育，不是嗎？把走上歧路的孩子帶回正確的道路……唔，雖然這話由我這個走上歧路的教師來說有點奇怪就是了。」

「……原來妳也有自知之明。」漢娜掃了一眼伊蒂絲，「不過，我真沒想到有一天能從妳嘴裡聽到這麼有道理的話。」

伊蒂絲心不在焉的「唔」了一聲，忽然又轉向尼爾森，說：「尼爾森，你下學期把這個女孩轉給我，我見過她，她不適合學重劍類。」

大個子的強力量型導師苦惱的抓了抓頭髮，道：「……呃，這樣不太好吧？我之前也發現了這個問題，但她不願意轉專業。違背學生的意志，強行轉的話……」

伊蒂絲：「不轉？那還是把她退學吧。漢娜，我改變主意了。」

漢娜：「……」

說好的不放棄任何一種潛能呢？

漢娜嘆了口氣，眼神忽然嚴肅起來，看向伊蒂絲，慢慢的說道：「妳不會是覺得那個女孩像妳，所以才會對她網開一面吧，伊蒂絲？」

漢娜話音剛落，伊蒂絲周圍的空氣就像時間凝固一般，停滯了幾秒。

「怎麼會。」伊蒂絲抖了抖菸灰，將披在肩頭的紅髮往後撥開，「我看了她的檔案，這女孩的出身可比我高貴多了。」

作為這一屆招新的總負責人，漢娜當然很清楚每個學生的身世背景，也明白伊蒂絲的話是什麼意思。

瑪格麗特．威廉森入學並不是件小事，跟她一起來的兩個女孩，雖然名義上也是正常入學，但其實是陪讀的事大家都清楚。

不過，儘管都是陪讀，她們的身分卻還是不一樣的。

溫妮是負責照料威廉森大小姐的女僕的孩子，原本只是作為兼具照料的玩伴而被安排在瑪格麗特身邊，後來發現擁有著不錯的魔法天賦，於是乾脆安排她在學校裡也一併照顧瑪格麗特。溫妮的學費、生活費，全部由底蘊深厚的威廉森家族來出，可以說她得到的條件很不錯，遠遠超出她正常的待遇。

娜娜就不同了，她是依附於威廉森家族的小貴族家的女兒，從小就被送到威廉森家裡學習，享受著和瑪格麗特完全一樣的啟蒙教育，本應是以格調稍高一些的「朋友」身分留在瑪格麗特身邊的。

但是，這位威廉森大小姐實在被教育得太不通人情世故，在她眼中娜娜和溫妮似乎並無區別，都是對她百依百順的「玩伴」，於是她平時對待她們的方式一模一樣。若不出意外，這兩個女孩將來都會是瑪格麗特的勇者團隊成員，為了避免職能重複，原本適合練習普通劍術的娜娜不得不選擇重劍作為專業。

儘管娜娜的家長將她帶到瑪格麗特身邊，肯定存著討好威廉森一族的意思——瑪格麗特是獨生女，任誰都知道，哪怕她是個廢得不能更廢的廢柴，威廉森家也會傾盡全力使她前途無量——可貴族女兒的待遇和女僕孩子的待遇完全一樣，不管怎麼說都太過分了。那個叫娜娜的孩子心理不平衡應該不是一天兩天的事，做出一些比尋常人陰暗的事也不算太奇怪……

藉這個機會，徹底遠離瑪格麗特，說不定對她來說是件好事。

至於被她針對的菲莉亞……

漢娜教授對這個名字還有印象，畢竟一個將鐵餅扔成那樣的女孩實在無法不讓人印象深刻。明明她的出身很普通，然而宿舍裡最好的朋友卻是最高貴的瑪格麗特，連卡斯爾都格外關照她。

——唔……娜娜會針對她，恐怕不只是卡斯爾，還有瑪格麗特的原因在裡面。或許是不能接受自己放低姿態討好許久的對象，一下子就對另一個人另眼相看吧。

——伊蒂絲這次說得對，這個孩子從頭培養的話，應該還來得及糾正。

——說到伊蒂絲……

漢娜的視線裝作不經意的從對方淡然的臉上拂過，然後稍微安心了。

——也對，就算伊蒂絲非要從瑪格麗特的跟班裡找自己的影子，看到的也該是溫妮。

▶◇◀◎▶◇◀

在娜娜停學、瑪格麗特向所有人道歉後，菲莉亞的房間裡果然沒有再出現任何他人的物品，宿舍的氣氛也前所未有的好了起來。

娜娜承載了易燃易爆的南茜所有怒火以後，南茜反而變得好相處起來。麗莎、貝蒂和凱麗原本就沒有爆發大型爭吵的打算，溫妮則完全聽從瑪格麗特，瑪格麗特不想和同學掐起來的話，溫妮就會成為一個熱愛打掃、擅長做飯的好室友。

總之，造成恐慌半年多的宿舍危機總算徹底解除。

只是，沒等菲莉亞輕鬆太久，期末考試就風風火火的到來了。

期末考試同樣分理論課和實踐課兩種。

對於菲莉亞來說，實踐課就是扔鐵餅，尼爾森教授對她很寬容，倒不算太難，但理論課就相當令人緊張了。

最後一門理論課考完，菲莉亞筋疲力盡的走出教室，她身邊的歐文雙手揣在口袋裡，神情十分輕鬆。

「歐文，你肯定覺得題目很簡單吧？」菲莉亞羨慕的問道。

歐文瞇著眼睛思索一下，隨意嘀咕：「……是挺簡單的，不過我考得應該不會太好。」

他甚至不需要等成績單，就能確定自己一定是不高不低、中等偏上的八十分。既不會太丟臉，又不會太引人注目，在歐文看來，自己拿一個八十分是最恰當的分數。

菲莉亞只當他是在謙虛，眨了眨眼睛，還是覺得歐文很厲害。

考試完全結束後，暑假就開始了。因為成績單會在假期裡以信件的形式寄到家裡，所以學生們暫時還能有一段安全又愉快的時光。

冬波利學院的暑假放假是從五月初到八月底，整整四個月，這樣的長度使家鄉偏遠的學生在扣除往返時間後，至少能在家裡住上兩個月。

於是，五月底時，菲莉亞搭乘的馬車，終於晃晃悠悠的回到了她的家鄉——南淖灣的小鎮艾麗西亞。

▶◇◀◎▶◇◀

轉眼，距離上一次回家已經是大半年以前的事了，在此之前從未想過自己會離家這麼久的菲莉亞，望著眼前既熟悉又陌生的景色，忽然有種恍惚的感覺。

快到自己家門口時，菲莉亞忍不住揉了揉眼睛，總覺得像在夢裡，她連自己家都快不認識了。

「菲莉亞！」

馬丁一早就在家門口等待，遠遠的看見妹妹從車窗裡探出頭，立刻笑著向她揮手。

菲莉亞連忙抿著嘴揮手。

馬丁正值發育期，長高的速度堪比植物抽芽，相當驚人。菲莉亞發現自家哥哥比她離開時又高了很多，她必須吃力的抬著脖子仰望他。

望著菲莉亞的眼神，馬丁有些好笑的揉了揉她的頭髮，「妳也會長高的，菲莉亞。」

「……可、可是那還有好久吧。」菲莉亞失落的嘆了口氣。

因為只住兩個月，菲莉亞帶回家的東西遠比帶去學校的少得多，只有簡單的幾個箱子。馬丁輕鬆的將她的東西一口氣全抱起來，送回房間。

看著哥哥游刃有餘的樣子，菲莉亞的目光呆呆的。

「怎麼了？」馬丁見狀，耐心的低下頭問她。

菲莉亞其實是想問哥哥為什麼沒有考上任何一所勇者學校……在她看來，比起自己，哥哥要優秀得多。

但菲莉亞更不想看到哥哥一貫溫柔的臉上露出難過的表情，於是她搖了搖頭，仰臉露出笑容，道：「沒什麼……謝謝哥哥！」

羅格朗太太照例在麵包店裡忙碌，見菲莉亞回來，才在忙碌之中探出頭來，叮囑她要把東西全都收拾好以後，洗過了手再吃午飯。

在路上奔波的一個月很累，菲莉亞什麼都沒做，休息了一個下午，等晚上，就在她想著要熄燈早點睡的時候，卻聽見了有人敲窗戶的聲音。

菲莉亞的房間在二樓最後一間，隔壁是哥哥的房間；同時，她的窗戶和鄰居波士家二樓的窗戶相對應，中間隔著一棵大樹。

稍微遲疑了一下，菲莉亞猶豫的走過去拉開了窗簾。

貼在窗前的索恩的臉立刻嚇了她一跳。

「菲莉亞！」

索恩看見她倒是眼前一亮，「果然是妳回來了！早知道今天我就不出門了……我剛才看到妳房間的燈亮，就在想……」

菲莉亞下意識的後退一步，她還是有些怕索恩，哪怕他們隔著一扇玻璃。

索恩好像是從他房間的窗戶爬到樹上，又從樹上直接掛在她窗前的，所以索恩現在一隻手還拉著樹枝。

那根樹枝很細，彷彿隨時都會折斷，索恩的動作看得菲莉亞心驚膽顫。

「你、你快退回去！」菲莉亞焦急的隔著窗戶勸道：「太、太危險了！」

「那妳怎麼不選擇打開窗戶讓我進去？」索恩翻了個白眼，說道：「放心好了，我是個弓箭手，去年整年都在學校裡練爬樹，這種小事對我來說……」

「快、快回去！」菲莉亞還是覺得很可怕，不停的催促，閉上眼睛不敢看索恩掛在樹上的畫面，像是他下一秒就會掉下去一樣。

索恩臉色一白，「嘖……幹嘛那麼著急，都說了不會有事情的！妳難道是一點都不想見到我嗎？」

他甚至想伸手把菲莉亞緊閉的眼皮撥開，但無奈她的窗戶鎖得太緊，他根本沒法硬來。

聽著窗外乒乒乓乓的聲音，菲莉亞更害怕了，她忍不住擔心索恩到底還有沒有把手放在樹枝上，於是睜開一點眼縫，小心翼翼的往外看，當她的視線一下子就觸及到索恩猙獰的表情，嚇得她趕緊重新閉上眼睛。

索恩趕緊更惱火了，「喂！我寫信給妳妳為什麼從來不回？！」

——因為我根本不知道你寫了信啊啊啊啊啊！求你了快點回去吧！QロQ

菲莉亞簡直欲哭無淚，而就在這個時候，她的房門也被敲響了。

「菲莉亞？」馬丁疑惑的聲音在門外響起，「房間裡只有妳一個人嗎？」

——哥哥一定是聽到響動了！

菲莉亞頓時有種救星來了的感覺，忙道：「哥哥，是我和——」

「喂！妳不會是準備告訴他我在這裡吧？」索恩吃驚的瞪著菲莉亞，懊惱的單手抓亂自己的頭髮，「嘖……不許說！一句都不許說出去！我回去了！」

索恩的動作很敏捷，菲莉亞只聽到一些細微的沙沙聲，他的身影就已經消失在大樹的葉片之中。

馬丁還在擔憂的詢問：「怎麼了？妳和誰？」

「沒、沒什麼。」菲莉亞下意識的回答，「我、我要睡了。」

「……沒事就好。」馬丁聽起來鬆了口氣，「那妳早點休息，晚安。」

「晚安，哥哥。」

▶◇◀◎▶◇◀

與此同時，歐文正好收到了寄來的成績單。

和需要一個月才能到家的菲莉亞不同，歐文耐著性子用人類的方式移動到風刃地區中南部，然後立刻搭上了專程來接他的魔族馬車。

相較於主要將魔法運用於戰爭的人類魔法師，魔族更喜歡琢磨怎麼用魔法來生活，因此他們有許多使生活更便利的小手段。

此時，歐文已經在魔王城堡裡休假十多天了。

當然，他的成績單並不是直接寄到艾斯來的。

大魔王在風刃地區弄了個房子，讓歐文在各種資訊表上的「家庭住址欄」裡填寫，成績單也是寄到那個地方。但大魔王一開始就為房子設定了自動傳送書信的魔法，一等成績單寄到房子裡，便會立刻轉送來魔王城堡。

聽說成績單送來了，大魔王趕緊把政務都丟在一邊，高高興興的過來圍觀。

「七十六，八十一，七十九，八十三……」大魔王一項一項的數自家兒子的成績，完全沒有太低或者高得很顯眼的，全都屬於中等偏上水準的範圍，看上去不難看，卻也不至於引人注目。

伊斯梅爾．黑迪斯欣慰的拍了拍兒子的肩膀，「做得太好了，兒子，成績控制得真是完美。我還在想要是你一不小心考了年級前三名該怎麼辦呢！」

歐文聳聳肩。他並不覺得人類那邊的學習、考試很難，要將成績保持在他想要的水準上相當簡單。

魔王很滿意，歐文也很滿意，大家都很滿意，皆大歡喜。

然而他們忘了一件事——

這個世界上有一個詞叫做「偏科」。

大部分的孩子都不能把所有事做得面面俱到，事情總要被分成擅長和不擅長。因此，在學校裡總有一個常見現象，發揮穩定沒有死角的學生即使每科都很平庸，最後得到的總排名也會比他的單科成績出色。

尤其是在勇者學校，大多數學生都更擅長實踐課，討厭無聊的背書，而一年級的大部分課程都還是理論學習。這些理論課只是起到普及作用，即使不及格，也不影響畢業以及優秀學員推薦考評，所以大家都不重視。

歐文的每一科都是中上，同時這一年的學生裡沒有像上一屆的卡斯爾．約克森那般突出的學生。

事實上，歐文的總成績是今年五十幾個新生中的第六名，離十分用功又不介意鋒芒畢露的第一名瑪格麗特的確還有差距，但已經足夠登上教授們的優等生名單。

幸好冬波利學院的規定是在畢業前都不正式公布學生的排名，所以他暫時還不會被其他學生注意到。

眼下，歐文的煩惱是如何在暑假剩下的三個月裡補上他的魔法課，人類教育魔法師的方式並不完全適合魔族。

▶◇◀◎▶◇◀

菲莉亞收到她的成績單比歐文遲得多，已經是放假的一個半月後了。

實際上，第一個拿到信的並不是她，而是她母親。

羅格朗太太看著那張記載成績的紙的臉色，讓菲莉亞覺得度日如年。

「為什麼妳的草藥辨認學沒有及格？這樣的話，以後作為勇者去冒險、半路受傷又找不到急救的時候怎麼辦？！還有，妳的魔法基礎概論怎麼會只有六十三分？我開學之前讓妳背下來的東西妳全忘了嗎？」羅格朗太太恨鐵不成鋼的說道。

她對勇者學院的制度瞭解不比艾斯的魔王父子多，因此在她看來，菲莉亞的成績一定會使她的將來蒙上不可磨滅的陰影。

要知道波士太太才剛剛對她炫耀，說她家的洛蒂和索恩在王城勇者學校成績都很好，老師甚至暗示可以將他們推薦給首都騎士團。儘管羅格朗太太不相信波士太太的話完全沒有誇張的成分，可她既然敢這麼誇口，肯定至少有些依據……再看自己的女兒菲莉亞，羅格朗太太不由得感到一陣懊惱。

「妳看看隔壁的洛蒂和索恩！」她責備道：「這樣下去的話，妳怎麼比得過他們？以後你們的差距只會越來越大！說不定將來他們都進了皇家護衛隊，妳還是只能留在這個小破鎮裡賣麵包！」

羅格朗太太頓了頓，覺得這麼說還不夠解氣，又補充道：「就和妳哥哥一樣！」

聽媽媽這麼說，原本半摟著菲莉亞正安慰她的馬丁有些不知所措，無辜的眨了眨淺色的眼睛。

菲莉亞羞愧的低下頭。

母親說得沒錯，她太不爭氣了。

「……不過，幸好妳的成績還不算太一無是處。」怒氣發洩完，羅格朗太太深深的嘆了口氣，變得溫和下來，「武器實踐課……這個簽名是尼爾森教授嗎？他給了妳滿分。」

「一、一百分？」

聽到母親的話，菲莉亞自己都吃驚得說不出話來，她能夠感覺到尼爾森教授對她相當友好親切，但她無論如何都不敢有得到一科滿分這麼誇張的野心。

羅格朗太太點點頭，常年擰著的眉頭難得鬆開了點，誇獎道：「妳做得不錯……如果其他科也能這麼好就好了。」

這對菲莉亞來說是來之不易的誇獎，她激動得漲紅了臉，從母親手裡接過成績單時，都下意識的挺直腰背。

她看著成績單，紙張上確實印著一個清晰的一百分，菲莉亞覺得心裡暖洋洋，腳下卻軟綿綿的。

馬丁笑著摸了摸她的頭。

《與魔族王子一起戀愛吧01一見鍾情》完

敬請期待更精采的《與魔族王子一起戀愛吧02》

回春冤家
卷三
舊愛新歡只有
焓淇 著
梓攸 繪
全套三冊，全國各大書店、租書店、網路書店現正熱賣中！
Q：請問老天鵝，
夫妻相敬如冰三十幾年，
這段感情還有救嗎？
A：天雷劈下，請重新選擇！
夫妻倆重回青春十六歲……啥？想再續孽緣？太上皇你作夢！
典藏閣
華文聯合出版平台
www.book4u.com.tw
采舍國際
www.silkbook.com
不思議工作室_
立即搜尋
版權所有© Copyright 20

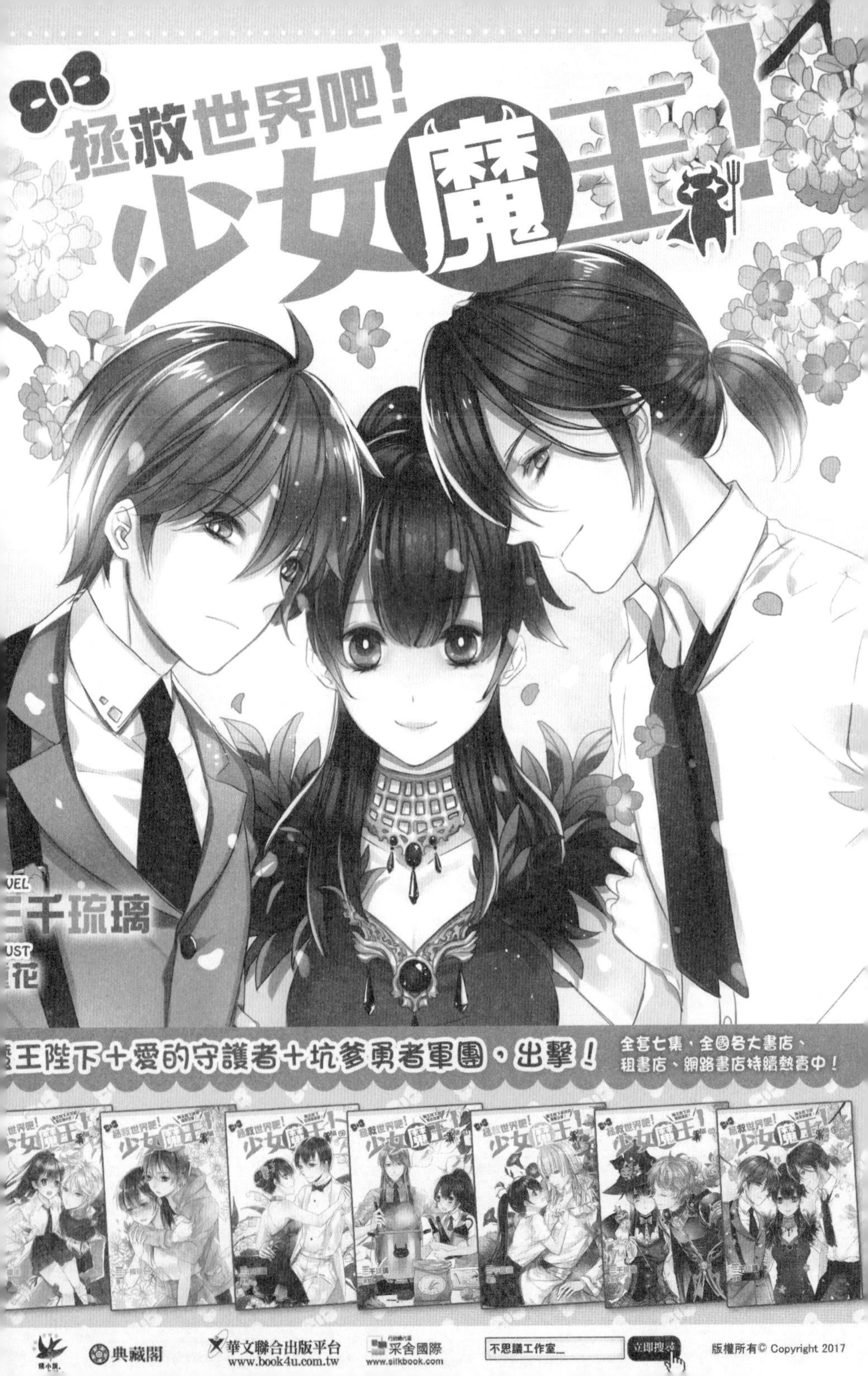

拯救世界吧！
少女魔王！
VEL
三千琉璃
UST
花
王陛下＋愛的守護者＋坑爹勇者軍團，出擊！
全套七集，全國各大書店、
租書店、網路書店持續熱賣中！
典藏閣
華文聯合出版平台
www.book4u.com.tw
采舍國際
www.silkbook.com
不思議工作室
立即搜尋
版權所有© Copyright 2017

格帝亞少女
Goeti
響生X高橋麵
純血烙印
06
END
「神啊，我想要回家！」
別人回到過去當格格，她卻穿到未來變迷子！
全套六集，全國熱賣中！
典藏閣
華文聯合出版平台
www.book4u.com.tw
采舍國際
www.silkbook.com
不思議工作室_
立即搜尋
版權所有© Copyright 2017

飛小說系列 171

與魔族王子一起戀愛吧 01

一見鍾情

出版者■典藏閣
作　者■辰冰　繪　者■凌夏
企劃編輯■多力小子　美術設計■Aloya
總編輯■歐綾纖
製作團隊■不思議工作室
郵撥帳號■50017206 采舍國際有限公司（郵撥購買，請另付一成郵資）
台灣出版中心■新北市中和區中山路 2 段 366 巷 10 號 10 樓
電　話■(02)2248-7896　傳　真■(02)2248-7758
物流中心■新北市中和區中山路 2 段 366 巷 10 號 3 樓
電　話■(02)8245-8786　傳　真■(02)8245-8718
ISBN■978-986-271-799-8
出版日期■2017 年 12 月

全球華文國際市場總代理／采舍國際
地　址■新北市中和區中山路 2 段 366 巷 10 號 3 樓
電　話■(02)8245-8786　傳　真■(02)8245-8718

新絲路網路書店
地　址■新北市中和區中山路 2 段 366 巷 10 號 10 樓
網　址■www.silkbook.com
電　話■(02)8245-9896
傳　真■(02)8245-8819

線上總代理：全球華文聯合出版平台
主題討論區：http://www.silkbook.com/bookclub　◎新絲路讀書會
紙本書平台：http://www.silkbook.com　◎新絲路網路書店
瀏覽電子書：http://www.book4u.com.tw　◎華文電子書中心
電子書下載：http://www.book4u.com.tw　◎電子書中心（Acrobat Reader）

☞**您在什麼地方購買本書？**☜

1. 便利商店（ ________市／縣）：☐7-11　☐全家　☐萊爾富　☐其他________

2. 網路書店：☐新絲路　☐博客來　☐金石堂　☐其他________

3. 書店（ ________市／縣）：☐金石堂　☐蛙蛙書店　☐安利美特animate　☐其他____

姓名：________地址：________________________

聯絡電話：____________　電子郵箱：________________

您的性別：☐男　☐女　　您的生日：西元________年________月________日

（請務必填妥基本資料，以利贈品寄送）

您的職業：☐上班族　☐學生　☐服務業　☐軍警公教　☐資訊業　☐娛樂相關產業
☐自由業　☐其他________

您的學歷：☐高中（含高中以下）　☐專科、大學　☐研究所以上

☞**購買前**☜

您從何處得知本書：☐逛書店　☐網路廣告（網站：________）　☐親友介紹
（可複選）　☐出版書訊　☐銷售人員推薦　☐其他________

本書吸引您的原因：☐書名很好　☐封面精美　☐書腰文字　☐封底文字　☐欣賞作家
（可複選）　☐喜歡畫家　☐價格合理　☐題材有趣　☐廣告印象深刻
☐其他________

☞**購買後**☜

您滿意的部份：☐書名　☐封面　☐故事內容　☐版面編排　☐價格　☐贈品
（可複選）　☐其他

不滿意的部份：☐書名　☐封面　☐故事內容　☐版面編排　☐價格　☐贈品
（可複選）　☐其他

您對本書以及典藏閣的建議________________________

____

____

✌未來您是否願意收到相關書訊？☐是　☐否

✌**感謝您寶貴的意見**✌

印刷品

$3.5
請貼
3.5元
郵票
不思議信箱
FUSIGI POST

235 新北市中和區中山路二段366巷10號10樓

華文網出版集團　收

（典藏閣－不思議工作室）

與魔族王子一起戀愛吧～

MO ZU PRINCE

NOVEL 辰冰 × ILLUST 凌夏

Episode 01